新進作家戯曲集

高橋いさを❖序

ノスタルジック・カフェ

1971・あの時君は

青田ひでき

夢も噺も

落語家　三笑亭夢楽の道

白石佐代子

論創社

目の前のヤツを楽しませろ！

高橋いさを（劇団ショーマ主宰／劇作家・演出家）

目の前のヤツらを楽しませろ！

わたしに与えられた課題は、この本を読む人々——すなわち、小劇場で活動する劇作家たちに向けて、戯曲を書く上での心得を書けということである。まあ、わたしなりに「心得」はなくはないのだけど、実際に活動している人たちは、わざわざわたしに心得など聞かなくても自分流にやっていくことがまず大切だと思う。回数を重ねれば、自《おの》ずと自分の長所も欠点も見えてくる。けれど、まあ、先輩として言いたいことはなくはないので、そのへんのことを書いてみる。

　小劇場で活動する劇作家たちのほとんどは「当て書き」という方法で芝居を作っていると思う。かく言うわたしもそういう方法で芝居を書く。すなわち、劇団にいる役者たちの人数と実力に合わせて芝居を書く。内容がまず先にあると言うよりは、面子と人数が先にある。この面子《めんつ》でこの人数を出すにはどういう内容が相応しいか——すべてはそこから始まる。女子高生の話を書きたくても、劇団の面子がむくつけき男たちだけならそういう演目は避けなければならない。二人芝居が書きたくても、劇団の面子が全部で十人いるなら、やはりその企画は見送るべきだろう。いや、むしろこういう制約のなかにこそ芸術的な創造の種は眠っている。男たちが女子高生を演じたらどうなるだろう？　二人芝居を十人の役者が演じてみるという形式は可能か？　そういう風にイメージを膨らませた時にアッと驚く面白い芝居が書けたりするのだ。「それは本末転倒だ！」と言う人がいるかもしれないけれど、座付き作家とはそういうものである。自分の書きたい世界などはまずは二の次だ。今、目の前にいる役者たちを最高に楽しませるホンを書くこと。彼らがウヒャウヒャ喜んで演じることができるイイ台詞を書くこと。心得と言えば、それがわたしの最大の心得である。そして、「そこにいるヤツらが喜ぶということはイコール、それを見に来てくれる観客も喜ぶのだ！」という風に自分勝手に盲信することだ。「オレは役者の奉公人じゃないッ。自分の世界を作るんだッ」などと肩肘張らずに、まず目の前にいる人たちを楽しませてみることを最大の目的にしていいのではないか。そもそも、「自分の世界」などというものは、いくら消し去ろうとしたところで作品に滲《にじ》み出てしまうのだから。制約は創造の母なり――これがわたしの座右の銘だ。

台詞に肉体的下層を持ち込め

これだけで筆を置くのもナンなので、もう少し劇作のテクニック的なことも書こう。劇作初心者にありがちな傾向だと思うのだが、彼らはどうしても「台詞」や「物語」を書きたがる。劇作家とは台詞と物語を書く仕事なのだから、台詞と物語を書いて全然おかしくないのだが、劇作家の仕事は台詞や物語も書くが、同時に俳優の「声」と「身体」を書くということも忘れてはならない。なぜなら、台詞や物語を支えているのは、他ならぬ生身の俳優の身体だからである。このへんが小説家と最も違う点だとわたしは思う。「台詞として面白い、物語《おはなし》として面白い＝読み物としても面白い」ということも戯曲には必要なことだとわたしは考えるけれど、戯曲は音声になって初めて戯曲になるのである。

身体をともなった表現となった時に初めて戯曲になるのである。

　だから、台詞のリズム感はとても重要だし、その台詞がどういう音を伴うかということにも常に意識を配らなければならない。そういう意味では、劇作家は自分の書いた台詞を実際に自分で発音してみる癖はつけた方がいいと思う。そこである人物が「馬鹿野郎ッ」と言うのが正しいか「馬鹿たれッ」と言うのが正しいか「アホウ！」と言うのが正しいか「サナダビッチ！」と言うのが正しいのかを会話のリズムの流れのなかで判断するのが劇作家の仕事だ。こういう時に必要とされるのは、その劇作家の音楽家としての耳のよさである。音を司る音楽家としての能力が要求されるのが劇作家なのだ。

　それと基本的には同様なことだと思うのだが、初心者はどうしても「物語」を書きたがる。しかし、物語を物語たらしめるのは、その物語を観客に信じさせる俳優の実在感なのである。その俳優の身体が物語を支えるのだ。だから、劇作家は常に「身体性を持った台詞」を書かなければならない。「身体性を持った台詞」というのはどういう台詞か。わたしの心得で言うと「会話に肉体的下層を持ち込め」ということになる。「肉体的下層」とは、鼻が痒いとか、オシッコを我慢しているとか、鼻毛が出ているとか、靴の中に小さな石ころが入っていて気持ち悪いとかそういうことである。「肉体的下層」という言葉は、一九六〇年代後半から始まった小劇場演劇の担い手たちのバイブルであったと思われる『フランソワ・ラブレーの作品と中世・ルネッサンスの民衆文化』（ミハイール・バフチーン著／せりか書房）のキーワードである。具体的には、わたしはこのルールを劇作家の別役実《べつやくみのる》さん（小劇場演劇の担い手の中核にいた一人だ）の一連の劇作を通して学んだのだけど、別役さんの作り出す人物たちが圧倒的な「実在感」を持っているのは、そういう肉体的下層に支えられて台詞が紡ぎ出されているからに他ならない。最後にもう一度繰り返す。物語を支えているのは、具体的な――汗をかく、走ればハアハア言う、転べば痛い、激しく口論すればツバも飛ぶ——生身の俳優の身体である。

省略は想像力の原動力

最後にもうひとつ重要な心得を。それは「省略は想像力の原動力」ということである。最近は劇作初心者の戯曲を読む機会が多いのだが、彼らの戯曲はたいがいにおいて書き過ぎている傾向があると思う。なぜ書き過ぎるかと言うと、不安だからだ。いっぱい書かないと観客に自分の伝えたいことが伝わらないのではないかという不安。それは、ちょうど付き合い出したカップルが、今日一日あったことをお互いに全部しゃべり合う姿に似ている。まあ、それはそれで初々しい美しさもあるのだけれど、全部しゃべるほどつまらないものはないのである。しゃべらないで想像させる——というのが演劇本来の豊かさだとわたしは思う。戯曲は描いてナンボではなくて省略してナンボなのだ。シナリオにおいても省略が大切であることは、すぐれた劇映画が証明している。例えば、クエンティン・タランティーノ監督の第一作『レザボア・ドッグス』（一九九一年）は、省略が非常にうまい形で扱われているシナリオだと思う。あれは、プロローグに「颯爽と銀行強盗に向かう男たち」を描き、直後に襲撃後、血まみれで逃走している男たちの描写に切り替わる。作家が最も書きたがるであろう当の銀行襲撃は一切省略され、血まみれの男たちの言動からその前に起こったであろう凄惨な銃撃戦が想像できるというワケだ。付き合い出したカップルのエネルギッシュな体力のなせるわざなのかもしれないが、描かなくていいところ（=想像させればいいところ）までみんな描いてしまう傾向は強い。繰り返し言う。戯曲は描いてナンボではなく想像させてナンボだ。

新進作家戯曲集

◉目次

装幀　奥定　泰之

ノスタルジック・カフェ——1971・あの時君は

青田ひでき

〔登場人物〕

○高野しずく　（21歳）　女子大生
○渋谷初男　（37歳）　喫茶〝クレヨン〟のマスター
○落合三知夫　（22歳）　早稲田大学三回生
○神田雄太郎　（22歳）　早稲田大学四回生
○大森正次　（25歳）　ナンパな会社員
○幸子　（23歳）　ちょっと生意気な女
○ナオミ　（26歳）　売れない女優
○ゆうこ　（24歳）　東北生まれの純朴な女
○五反田清　（35歳）　ボーリング狂の工員
○高円寺薫　（24歳）　フォークシンガーになりたい男
○目黒悦子　（21歳）　病弱な女
○大久保さゆり　（20歳）　喫茶〝クレヨン〟のウェイトレス
○牛込紀代彦　（24歳）　アングラ劇団〝路傍の人間観察〟座長
○大学生〔男〕　（22歳）　活動家
○大学生〔女〕　（22歳）　活動家
○立川くるみ　（21歳）　女子大生
○女　（25歳）　雨宿りの客

❶ 高野しずくと喫茶〝クレヨン〟の出会い

舞台は現代のマクドナルド。
ひとつのテーブルにサスがあたり、そこに高野しずくと立川くるみが腰掛けている。
賑やかな音楽が流れている。

しずく　……ねぇ、マクドナルドって、昭和四六年に銀座に第一号店ができたのって知ってた？
くるみ　そうなんだー。なんでそんなこと知ってんの？
しずく　……ちょっとね。
くるみ　しずくって、変わってるよね。
しずく　え？
くるみ　今の情報には、超弱いくせにさ、古いことは超詳しいんだもん。
しずく　そうかなぁ。
くるみ　そうだよ。あー、しかしかったるいなー。また学校始まっちゃったよ。
しずく　もうとっくに始まってるって。
くるみ　くるみ的には、まだ夏休みなんだけどなー。
しずく　また合コンとアルバイトで忙しかったわけ？
くるみ　そうだけどぉ。

しずく　出席取る授業もあるんだから、ちゃんと出た方がいいよ。
くるみ　これからちゃんと出るつもりだよ。まさか留年するわけにはいかないっしょ。しずくはいいよなぁ、そんな心配しなくていいからさ。
しずく　私はまじめだから。
くるみ　自分で言うかなぁ。ねぇ、ピンチの時はよろしくね。テリヤキマックごちそうするからさ。
しずく　授業ちゃんと出るんじゃないの？
くるみ　いや、もちろん出るつもりだけどぉ……ほら出れない時もあんじゃん。
しずく　どうしようかなぁ、これ以上くるみを甘やかしてもなぁ。
くるみ　あんまりいじめないでよ、親友でしょう（携帯の着信音が鳴る）。
しずく　……都合のいい時だけ親友なんだからさ。ぜんぜん連絡してこないくせに。
くるみ　（携帯を取りながら）だって、しずく携帯持ってないんだもん。連絡取れないじゃーん。
しずく　あまり好きじゃないんだ、携帯って。
くるみ　今時、珍しいなんてもんじゃないよね。天然記念物だよ。
しずく　そうかなぁ。
くるみ　そうだよ。（メールを見ながら）んだよ、うぜーな。
しずく　誰？
くるみ　とおるだよ、とおる。ったく。
しずく　まだ付き合ってたの？
くるみ　んなわけねーじゃん、あんなキモイ奴。しつこくメール送ってくんだよ。ストーカーだよ、これじゃ（返事を打ってる）。
しずく　返事書かなきゃいいじゃない。

くるみ　だからぁ、もう送ってくんなって書いてんの。
しずく　ふーん。

しずく、コーヒーを飲む。

くるみ　（なおもメールを打ちながら）なにしてたの？
しずく　え？
くるみ　夏休み。バイト？
しずく　くるみは？
くるみ　くるみは、バイト、合コン、バイト、合コンの繰り返し。
しずく　あいかわらずだね。
くるみ　あんま面白くなかったなー。これでよしっと。で、しずくは？
しずく　私？
くるみ　……ねぇ、なんかいいことあったんじゃない？　あったでしょ。
しずく　え？　どうして？
くるみ　なんかぁ、夏休み前と雰囲気変わったもん。
しずく　そう？
くるみ　うん、絶対変わった。よくわかんないんだけど、なんか違くない？
しずく　そうかなぁ。
くるみ　男できたんでしょ！
しずく　そういうわけじゃないけど。

くるみ　でもなんかあったんでしょう？
しずく　……うん、あった。
くるみ　やっぱ？
しずく　うん。
くるみ　マジマジ、なに教えてよ。
しずく　うーん。
くるみ　くるみに言えないようなこと？
しずく　そんなことないけど。
くるみ　だったら教えてよ。男関係でしょ、やっぱ。
しずく　だから違うって。
くるみ　うそー、男関係じゃなかったらなんだっつーの。それ以外になにがあるの？
しずく　……ねぇ、くるみはさ、けっこう不思議なことって信じる方だよね？
くるみ　不思議なこと？
しずく　うん。
くるみ　そうだね、とりあえず信じるって感じ？　アンアンの占いとかも信じてるし。
しずく　それはちょっと違うと思うけど。
くるみ　えー、まさか幽霊見たとか？　やめてよー、いろんな意味で寒いって、それ。
しずく　そうじゃないよ。
くるみ　じゃあなに？　宇宙人に拉致されたとか？　ありえねー。
しずく　そういうことじゃなくて……。
くるみ　不思議なことって言えばさ、ドイツ語の田中教授の頭だよ。あれ、おかしくね？　なんでだんだん髪の毛増えてんの？　しかもすっげ不自然じゃん。ズレてるし。超受けるよね。キャハハハ。

しずく　なんでいつも話が脱線するのかな？

くるみ　それで、不思議なことって？

しずく　聞きたい？（くるみの携帯が鳴る）

くるみ　んだよ、しつけーな。もしもし、あーん、ちょっとしつこくない？　もういいかげんにしてよ。……え？　ちげーよ、なに言ってんの？　ちょちょちょっと待ってよ。（しずくに）あのさ、くるみ、ちょっと怒りモード入っちゃったからさ、外で話してくるわ。声でっかくなりそうだし。その話あとで聞くからさ。もしもし……（出ていく）。

ひとり取り残されるしずく。

音楽。

しずくのナレーション。

しずく　……そう、この夏私はとても不思議な経験をした。きっと誰も信じてくれないだろう。私ですら、今でもあれが現実に起こったことなのかどうなのか、まだうまく実感できないからだ。でも、たしかに私はこの夏、あの空間にいた。

しずくにサス。

しずく　……あれは夏休みに入って何日目かのことだった。私は大学にちょっとした用事があって、それをすませると、大学から駅までの道程を一人でせっせと歩いていた。その日は朝からうだるような暑さで、私は歩きながらひどく咽がかわいてしまった。ふと、細い路地をのぞいてみると、その突き当たりのところに喫茶店らしい建物が見えた。私は、そんな路地を見たこともなければ、入ったこともなかったし、こんなところに喫茶店があるなんて聞いたこともなかったけど、暑さから逃れたい一心で、迷わずその路地に入っていった。今思えば、その路地が私を魔可不思議な空間にいざなう入り口だったのだ。どういう現象が私の身に起こったのかはわからないけれど、気がつくと私はその喫茶店の中にいた。物語はそこから始まったのだ！


あかりが入る。そこはレトロな雰囲気を漂わせている喫茶店。

カウンター内にはマスターらしい男（渋谷初男）、テーブル席にカップル（大森正次と幸子）、別のテーブルに女（目黒悦子）が座っている。

悦子は手紙らしきものを書いている。

古いジャズが小さな音量で流れている。

初男　（しずくに気づき）いらっしゃい。
しずく　……。
初男　どうぞ、お好きなところに。
しずく　……はい。

しずく、空いているテーブル席に腰かける。

まわりを不思議そうに見回す。

悦子と目が合う。悦子、笑って軽く会釈をする。

初男が水を持ってくる。

初男　今日も暑いね。
しずく　……そうですね。あの……アイスコーヒーを。
初男　了解、ちょっと待ってね（カウンターの中に戻る）。

間。

大森　……よかったね、映画。
幸子　そうだね。
大森　最後は泣いちゃったよ。さっちん、右隣に座ってたから、なんとか左目だけで泣こうとして必死だったんだから。
幸子　へぇ、そうなんだ。
大森　さっちんは泣かなかったの？
幸子　うーん、ちょっとだけかな。
大森　そっかぁ、僕は感動したなぁ。最初は〝ある愛の詩〟なんてタイトルからしてクサそうだなぁって懐疑的だったんだけど、見事に泣かされちゃったもん。〝愛とは決して後悔しないこと〟……いいセリフだなー。えーと、なんだっけ、あのヒロインの女の子？　えーと……。
幸子　アリー・マッグロー。
大森　そうそう、アリーね。彼女は従来のアメリカ映画に出て来るようなタイプじゃなくて新鮮でよかったね。新しい可能性を感じさせるっていうかさ。きっとこれから彼女は引っ張りだこだよ。

幸子　……そうかもね。
大森　……さっちん、つまんなかったんじゃない？
幸子　ううん、そんなことないよ。
大森　そうだよね、あの映画に感動できないようじゃ感性を疑われても仕方ないよ。やっぱさ、永遠の愛っていうのは存在するんだよ。なんか人間の根源的な愛をまっこうから描いてみせてたよね。最近は少々、屈折した愛というか、純粋さの対極にあるようなラブストーリーが主流だったからさ、ある意味、その逆手を取った形で新しさを感じさせた作品かもしれない。
幸子　……ふーん。
大森　どうかした？
幸子　たしか〝キネマ旬報〟の解説にもそんなこと書いてあったなぁって。
大森　そ、そう？　そりゃ知らなかったなぁ。
幸子　毎月読んでるんじゃなかったっけ？
大森　今月号はまだ読んでなかったんだ。
幸子　載ってたの先月号だよ。
大森　……。
幸子　きっと読み忘れたんだね。
大森　そ、そうだね。……ところでこれからどうしようか？　新宿に美味しい洋食屋ができたんだって。行ってみない？
幸子　私ここでいいよ。
大森　えっ、でもここにはロクな食べ物ないよ。

初男がジロリと睨む。

幸子　だって面倒くさいんだもん。

大森　すごく美味しいんだって、その店。きっと喜んでもらえると思うんだけど。お酒も飲めるし。

ね、行こうよ。

幸子　（疑惑のまなざし）。

大森　どうかした？

幸子　ふーん。

大森　なになに、どうしたの？

幸子　お酒も飲むんだ。

大森　いや、飲まなくてもいいんだけど。

幸子　その店って歌舞伎町にあるやつでしょう？

大森　あれ？　知ってたの？

幸子　〝アンアン〟に載ってた。

大森　さすがアンノン族は情報が早いなぁ。

幸子　そこで食事して、そのままモーテルに行くアベックが多いんだって。

大森　ちょ、ちょっと待ってよ。僕がそんな不純な動機で、その店に誘ったと思ってるの？

幸子　でも少しは頭にあったんでしょう？

大森　どうやらさっちんは僕を誤解しているようだ。

幸子　あのさ、その〝さっちん〟って呼ぶのやめてくれる？

大森　え？　だって幸子だから〝さっちん〟でいいんじゃないかな。可愛いいよ。

幸子　私は嫌なの。
大森　じゃあ、なんて呼ぶの？……幸子。
幸子　呼び捨てにしないで。
大森　それじゃ幸子さん？　なんか恋人どうしじゃないみたいだなぁ。
幸子　あら、私はあなたの恋人じゃないわよ。
大森　えっ、嘘？
幸子　なに？　私のこと恋人だと思ってたの？　やめてよ、冗談じゃないわ。
大森　だってもう三回もデートしたんだよ。
幸子　デートだなんて思ってもみなかった。暇だから付き合ってただけよ。
大森　嘘でしょう？　じゃあなに？　僕は恋人でもない女性に食事をごちそうしたり、ハンカチをプレゼントしたりしてたの？
幸子　なにそれ？　呆れた。
大森　君は、恋人でもない男にごちそうされたり、プレゼントされたりして、それで平気なのか！
幸子　ナンセンス！
大森　ナンセンスでもなんでも、そういうふうにしたら君が僕の恋人だってことを暗に認めてることになるんじゃないかなぁ。
幸子　古い、古い。これからはウーマン・リブの時代なのよ。そんな男の価値観でものを測らないでほしいな。
大森　……びっくりしたな。君がそんな女性だとは思わなかったよ。
幸子　あなたが勝手に先走りしただけでしょう？　なによ、自分の言葉でなにひとつ語れないくせに。あー、シラケ。もう連絡してこないで。これ返すわ（ハンカチを差し出す）。さよなら！

幸子出ていく。

大森　ち、ちょっと待ってよ。マスター、ツケといて！

大森もあとを追い掛けて出ていく。
しずく、唖然としている。

初男　（アイスコーヒーを運びながら）気にしないで。いつものことだから。ねぇ、悦ちゃん。
悦子　（笑ってうなずく）
しずく　……はぁ。

しずく、なにかこの店に言い知れぬ違和感を感じる。
そこへ若い女（大久保さゆり）が勢いよく店に入ってくる。

さゆり　遅くなりました！
初男　おやおや、また遅刻だね。
さゆり　ごめんなさい、マスター。でも今日は正当な理由があります！
初男　ほう、聞こうじゃないか。
さゆり　サイン会だったんです。
初男　サイン会？
さゆり　はい！

初男　誰の？
さゆり　決まってるじゃないですか、愛しのあ・き・ら・さま。
初男　またあきらさまか。
さゆり　だって私の王子様なんだもん。すごくかっこよかったー。私、サイン貰う時、失神しそうになりましたよ。テレビも撮影に来てたんですよ。あれ絶対〝スタートピックス〟で流れるわね。映ってたらどうしよう。恥ずかしいなぁ。あっ、サイン見ます？
初男　けっこう。しかし、それは遅刻の正当な理由とは言えないね。ま、でも今日のところは許してあげよう。今度やったらアルバイト料、カットするからね。
さゆり　えー、権力の不当な行使だー！
初男　冗談で言ってるんじゃないよ。
さゆり　はーい、ごめんなさーい。ねぇ、マスター、あきらさまの曲かけてもいい？　〝空に太陽があるかぎり〟これ最高なんだ。
初男　ここはそういう曲はかけないの。
さゆり　そんなのいつ決まったんですか？
初男　昔から。
さゆり　ちぇっ、ケチ。（悦子を見て）あっ、悦ちゃん、元気ですか？
悦子　（微笑む）
さゆり　（しずくの存在に気づき）あれ？　いらっしゃいませ。……この店、初めてですよね？
しずく　……はい。
さゆり　よくわかったね、ここ。
しずく　はぁ。

さゆり　ふつうこんな細い路地の突き当たりに喫茶店なんかないもんね。おかげで常連しか来ないいんですよ。つぶれないのが不思議なくらい。ハハハ。
初男　聞こえてるよ。
さゆり　私、大久保さゆりって言います。あなたは？
しずく　は、はい、高野しずくです。
さゆり　しずく？　しずくって言うの？　可愛いい！
しずく　ありがとうございます。
さゆり　ピース、ピース。
しずく　は？
さゆり　ピース、ピース。知らない？　井上順。
しずく　はぁ。
さゆり　それで、あのオッサンがこの店、喫茶クレヨンのマスター、渋谷初男さん。
初男　よろしく。
しずく　あっ、よろしくお願いします。
さゆり　その洋服可愛いいね。ロペ？
しずく　ロペ？　いえ、ユニクロです。
さゆり　のらくろ？
しずく　ユニクロ。
さゆり　ふーん、知らないな。まぁ、いいや。……ねぇねぇ、マスターっていくつくらいに見える？
しずく　え？
さゆり　マスターって年齢不詳でしょう。あぁ見えても昭和ヒトケタなんですよ。頭硬くって。

しずく　昭和ヒトケタ！……ですか？
さゆり　そう昭和九年生まれ。愛川欽也とか中村メイコと同じ。
しずく　そうなんですか？　昭和九年ってことは……（指折り数える）えー！
さゆり　若く見える？
しずく　……はい、ものすごく若く見えます。
さゆり　へー。若く見えるんですって。マスター、よかったね。
初男　まいったな。おかわりごちそうしちゃおうかな。
さゆり　調子いいんだから、ハゲ。
初男　うるさい。
さゆり　しずくちゃんは学生？　だよね。
しずく　はい。
さゆり　どこの大学？
しずく　平成文化大学です。
さゆり　平成文化大学？
しずく　はい。
さゆり　聞いたことないなー。
しずく　たいして大きな大学じゃないですから。
さゆり　やっぱ、その大学もけっこう大変なの？
しずく　え？　なにがですか？
さゆり　まぁ、しずくちゃんはどう見てもノンポリだけどね。
しずく　ノンポリ？

さゆり　うちの店にも早稲田のうるっさいのがよく来るからね、雰囲気でノンポリかどうかわかるんだよね。
しずく　はぁ……。
さゆり　しずくちゃんってさ、ちょっと真理ちゃんに似てるね。
しずく　真理ちゃん？
さゆり　〝さよならーの言葉さーえー、言えなかったのー〟天地真理でーす。
しずく　……。
さゆり　まさか天地真理知らない？
しずく　いえ、なんとなくわかります。元アイドルの人ですよね。
さゆり　元っていうより、すっごく現役なんだけど。
しずく　そうなんですか！
さゆり　うん。
しずく　現役なんだ……。
さゆり　うん、似てる似てる。
しずく　喜べない自分がいるんですけど。
初男　さゆり、あまりしつこく話しかけちゃ失礼だよ。しずくさんは静かに過ごしたいのかもしれないんだから。
さゆり　はいはい。初対面なのに馴れなれしくしちゃってごめんね。どうぞごゆっくり。
しずく　あの！
さゆり　はい？
しずく　さっきのあきらって……。

さゆり　あきらさま？　もしかして、しずくちゃんもあきらさまファン？
しずく　いいえ、あの、あきらって……。
さゆり　〝あいしてーるー、とーてーもー〟にしきのあきらに決まってるじゃない！
しずく　にしきのあきらですか？
さゆり　まさか、あきらさまも知らないとか？
しずく　いいえ、知ってます。〝スターにしきの〟ですよね。
さゆり　にしきのあきら。
しずく　だから〝スターにしきの〟。
さゆり　なんで〝スター〟ってつけるかよくわからないけど、まぁそう。
しずく　あの……。
さゆり　なに？
しずく　ピース、ピース、井上順、天地真理、にしきのあきら……。
さゆり　それがなにか？
しずく　この店はなにかコンセプトがあるのでしょうか？
さゆり　コンセプト？
しずく　はい。
さゆり　よくわからないなー。
しずく　だから……。

そこへ、二人の男（落合三知夫と神田雄太郎）が賑やかに入ってくる。

三知夫　だからお前のそういった日和見《ひよりみ》主義的な思考が若い人間の精神構造を堕落させていくんだ。
雄太郎　僕はそう思わない。行動の伴わない思考は、思考していないのと同じだ。
三知夫　それは違う。思考することが行動することの第一原理なんだ。
雄太郎　そう言いながら君は、ただ盲信的なだけで、思考にもとづいた行動を起こさなかったじゃないか。
三知夫　俺は行動したよ。俺なりの思考と行動規範にのっとってね。
雄太郎　それでなにが変わった？　なにも変わってなんかいない。
三知夫　変えることが問題じゃないんだ。自分の信念にもとづき、自分の思想に殉じる、その姿勢が尊いんだ。
雄太郎　詭弁だね。
三知夫　俺を侮辱するのか！　人を愚弄《ぐろう》する暇があったら自己批判しろ！　貴様はいったい確固たる信念があったうえで、俺にそういうでかい口を叩いているのか！

しずくは二人のあまりの激しいやり取りに呆然としてしまうが、初男やさゆりや悦子は平然としている。どうやらこの二人の討論はいつものことらしい。やがて二人は討論を続けながら、当たり前のように（指定席らしい）テーブルにつく。

雄太郎　信念がないと言葉を発しちゃいけないというのかね。
三知夫　少なくとも人に意見を述べるべきじゃない。
雄太郎　僕の言葉は意見じゃない。忠告だ。
三知夫　忠告？

雄太郎　そうだ。あまりにも君が滑稽に見えてね。君の方こそ自分の行動規範を自己批判するべきだろう。

三知夫　俺の言動、行動理念は、幾度もの自己批判を経て積み上げられたものだよ。お前になにを言われようが、俺の人生の基本方針は微動だにしない。むしろ俺はお前に同情の念を禁じえないね。

雄太郎　同情？

三知夫　ひたすらになんの向上心も反抗心もなく、ただ茫漠とした日々を無意味に過ごしているお前にね。

雄太郎　僕は僕なりに目的意識を持って生きているつもりだ。

三知夫　どこのセクトにも属さず、自分の発言をとらえかえさずもしないで、それで目的意識を持ってると言えるのかね。

雄太郎　それじゃ言うが、君の行動理念ってなんなのかね？　大学解体を叫んでアジビラを配ったり、授業を中断して討論会を開いたり、あげくの果てに講堂をバリケード封鎖して、そんなことにいったいどんな意味があるんだ。大学なんて解体しなかったじゃないか。それどころか、ついこないだまでヘルメットをかぶって暴れ回っていた連中が平然と授業に出席しているとはどういうことかね？　僕には君達のそういった自己中心的な神経が理解できないんだ！

三知夫　我々は、六〇年安保闘争に敗れた先達の意志を継承して、運動再燃、ヘゲモニーの奪還を合言葉のもと、日々闘争にあけくれた。しかし七〇年安保も敗北し、あるいは大学解体も頓座してしまった。だが、本当の戦いはこれからなんだ。我々にはまだ使命が残されているんだ！

雄太郎　使命か、聞いて呆れるね！

三知夫　なんだと！

さゆり　はい、そこまで！

二人、ようやく静まる。

三知夫　さゆりちゃーん。こんにちわ。
さゆり　まったく毎日毎日よくやりますよね。
三知夫　どうだった？　かっこよかった？　言ってることの半分はわかってないんだけど。
さゆり　バッカじゃないの？
三知夫　こいつがしつこいからさー。
雄太郎　君の方こそ。
さゆり　ほんとは仲良しのくせに。
雄太郎　仲良しなんかじゃない。
三知夫　そのとおり。俺が心を許しているのは、さゆりちゃんだけだよ。ピース。

さゆり、三知夫を殴る。

さゆり　いつものやつ？
三知夫　心のこもったホットコーヒーを。
雄太郎　僕はアイスミルクを。
さゆり　（初男に）いつものね！
初男　あいよ。
雄太郎　どうした、もう話は終わりなのか？
三知夫　これからの時間は、もっと有意義なことに使うんだよ。戦士の休息ってやつだ。ねー、さゆりちゃん。

雄太郎　君の行動理念というのは、その程度のものだったんだ。

三知夫　野暮なことは言うなって。人間というのは、さまざまな自己矛盾を抱えて存在するもんなんだ。

三知夫　都合のいい男だな。

悦子　悦子さん、こんにちは。

三知夫　こんにちは。

悦子　身体の調子はどうですか？

三知夫　おかげさまでだいぶいいみたいです。

悦子　そりゃよかった。でもこれからどんどん暑くなるからね、あまり無理をしないように。

三知夫　どうもありがとう。

しずく　（しずくを見て）おや？　君はニューフェイスだね。どうしたんだ？　鳩が豆鉄砲食らったような顔してるな。

三知夫　い、いえ、はじめまして。

しずく　よろしく。君の名は？

三知夫　あ、はい。高野しずくって言います。

三知夫　高野しずく？　面白い名前だな。一度聞いたら忘れないよ。ここに来たからにはもう我々の仲間だ。仲良くやっていこうじゃないか。昨今は缶コーヒーなるものが出回りだして安易にコーヒーが飲めるようになったが、あんなものは飲まない方がいい。便利さを追及しても、そこにあるのは味気なさと空虚感だけだ。ここのマスターはなんの取り柄もない男だが、コーヒーだけは上手に入れるんだ。神はどんな人間にも救いを与えるという例証だね。

初男　お前もう来なくていいぞ。

しずく、圧倒されている。

三知夫　ところで君は日本政府がベトナム戦争に加担していることをどのように感じている？
しずく　は？
三知夫　つまりだな……。
さゆり　ちょっと！　野暮な話はしないいんじゃなかったの？　ベラベラ喋る暇があったら自己紹介でもしたら？
三知夫　こりゃ失敬。落合三知夫。早稲田の三回生だ。とは言っても、二度目の三回生だけどね。それで、こいつが神田雄太郎。去年までは同級生だったが、体制に迎合したおかげで、今は堂々たる四回生だ。
雄太郎　余計なことは言わないでほしいな。どうぞよろしく。
しずく　はぁ。
三知夫　それで彼女が……。
さゆり　私のことはいいの、さっき紹介したから。
三知夫　そっか、ならいいな。つけ加えておくと、（小声で）俺は彼女に惚れている。
しずく　そうなんですか？
三知夫　したがって俺に惚れてはいけないよ。たしかに俺は眉目麗《うるわ》しい好男子だが、俺に恋をするということは、無駄なエネルギーを消費するということだからね。
さゆり　こらこら、彼女に変なこと吹き込んでんじゃないでしょうね。彼女は三知夫さんみたいな人種とは違うんだから！　ほんとごめんなさいね。

しずく　い、いえ。

さゆり　ったく、よくそれだけいいかげんなことが言えるよね。

三知夫　さゆりちゃんは、まだ俺のことを誤解しているようだねー。

さゆり　いいえ、よーく理解してます。三知夫さんが、単細胞な変人だってことは、重々承知です！

三知夫　そりゃないぜ、セニョリータ！

さゆり　殺す（また殴る）。

三知夫　……ごめんなさい。

雄太郎　さゆりちゃん、悦子さんは紹介したの？

さゆり　あっ、そういえばまだでした。

雄太郎　しずくさん、彼女は目黒悦子さん。いつもここで、詩を書いたり手紙を書いたりしている素敵なお嬢さんです。この店で僕とともにまともな人種に属する貴重な人でもある。彼女となら、話題も合うんじゃないかな？

さゆり　ちょっと私だって、まともですよ。

雄太郎　さゆりちゃんは、微妙なラインだね。

さゆり　なんなのよ、それ。

悦子　あの……どうぞよろしくお願いします。

しずく　こちらこそ。……あの？

悦子　なにか？

しずく　どこかでお会いしませんでしたか？

悦子　さぁ、ちょっとわからないですけど。

しずく　そうですよね、そんなわけないですよね。
雄太郎　しずくさんは、この近くにお住まいなんですか？
しずく　いいえ、吉祥寺です。
さゆり　じゃあ、ここまで国電で？
しずく　は？
さゆり　国電に乗ってきたの？
しずく　国電ですか？　……もしかしてＪＲ？
三知夫　な、な、ジェィアー？　吉祥寺の方ではそう言うのか？
雄太郎　そんなわけないじゃないか。国鉄ですよね。
しずく　（突然立ち上がり）あの！
三知夫　どうした、いきなり！
しずく　すいません。……あの、つかぬことをお聞きしますが、今っていつですか？
三知夫　なんなんだ、その質問は？
しずく　いえ、ですから……今日は、っていうか、今は、何年ですか？
さゆり　何年？
しずく　はい。
雄太郎　西暦で何年ってこと？
しずく　西暦でもなんでもです。
三知夫　おかしなことを聞く娘だな。今はだな、西暦……えーと何年だっけ？
さゆり　わかんねーのかよ。
三知夫　ど忘れしたんだよ。

雄太郎　（呆れて）一九七一年。
しずく　え？
三知夫　そう！　一九七一年。昭和四六年だ。
しずく　昭和四六年！
さゆり　それがどうかした？
しずく　昭和四六年なんですか？
さゆり　うん。
しずく　ほんとのほんとに四六年？
さゆり　……そうだよね。
雄太郎　あぁ、去年が四五年なんだから、今年は四六年だろう。時代が逆行してなければ。
しずく　そんなまさか……（へたりこむ）。

みんな、不思議そうにしずくを見る。

しずく　あの……この店はそういった趣味の変わった人たちが集まるところなんですか？
さゆり　なにそれ？
三知夫　いま、バカにした？　ねぇ、ねぇ。
しずく　そういうわけじゃなくて……ですから昭和四六年を設定にした喫茶店。
さゆり　設定もなにも……ねぇ。

奇妙な間。

三知夫　……わかった！　なるほど、そういうことか。
さゆり　どういうこと？
三知夫　彼女はだな、いわゆる記憶喪失ってやつなんだ。
さゆり　記憶喪失？
三知夫　そう、彼女はなんらかのアクシデントに見舞われて、一時的に記憶を喪失してしまったんだ。しかも部分的にね。だから今年が何年なのか思い出せないんだ。
さゆり　そうなんだ。
雄太郎　（しずくに）そうなんですか？
しずく　ぜんぜん違います。
三知夫　なんでだ！
さゆり　適当なこと言わないでよ！
三知夫　だとしたらあれか？　ひょっとして狂人を装って、俺からなんらかの情報を盗みだそうとする体制側のスパイか？　そうだ、それに違いない。なんで気がつかなかったんだ。
さゆり　それも違うと思うけど。
雄太郎　だいたい君みたいな下っ端のところに、スパイなんて来ないだろう。
三知夫　下っ端の人間から情報は漏れるもんなんだよ！
雄太郎　今自分が下っ端って認めたな。
三知夫　しまった！
さゆり　あんたは黙ってて！　しずくちゃん、どういうこと？
しずく　私にもよくわからないんです。こっちが聞きたいくらいです。
初男　……彼女はタイムスリップしたんじゃないかな？

三知夫　タイムスリップ？
初男　そう。
三知夫　なんだそれ？（さゆりに）知ってる？
さゆり　聞いたことはあるけど。
雄太郎　僕は読んだことがあります。たしかブラウンの〝未来世紀から来た男〟とか、ウェルズの〝タイムマシン〟なんかのSF小説で描かれた時間移動のことですよね。
初男　さすが雄太郎は読書家だね。三知夫はタイムスリップも知らないのか。
三知夫　俺は通俗小説といった類《たぐい》は読まないいんだ。
雄太郎　漫画しか読まないくせに。
三知夫　うるさい。
雄太郎　ということは、彼女は他の時代から、この時代に迷い来んだってこと？　小説のようなことが現実に起こってしまったってことですか？
さゆり　そうなの？
三知夫　そうなのか？

みんな初男を凝視する。

初男　いや……そうだと面白いかなって。
さゆり　面白いかなって、冗談なの？
初男　半分冗談かな？　ハハハ。
さゆり　もうマスターったら。

みんな大笑いする。

全員　ピース。

三知夫　あいかわらずマスターはいいかげんだな。

しずく　いいえ、冗談じゃないかもしれません。そう考えるのが一番自然かも。

初男　ほら。

三知夫　君まで。

しずく　だって、ここが変な人の集まる場所じゃないとしたら……。

三知夫　今、またバカにした？　ねぇねぇ。

しずく　そうとしか考えられないじゃないですか。

三知夫　それじゃ聞くがね、君はいつの時代からやって来たんだい？　江戸時代？

雄太郎　そんなわけないだろう。格好見ればわかるじゃないか。

三知夫　じゃあ、いつ？

しずく　二〇〇四年です。

三知夫　二〇〇四年？

さゆり　ってことは……（指折り数える）昭和七九年？

しずく　平成一六年です。

さゆり　へいせい？

初男　〝二〇〇一年宇宙の旅〟ならぬ〝二〇〇四年時空の旅〟ときたか！

またみんなで大笑い。

全員　ピース。
しずく　（呆然）。
三知夫　つまりだな……三三年後の未来からやってきたってこと？
しずく　そういうことになります。
さゆり　しずくちゃんって、見かけによらずユーモラスな人なんですね。
しずく　やっぱり信じてもらえませんよね。
さゆり　ちょっとね。
初男　……私は信じるよ。
さゆり　え？
初男　世の中には科学で解明できないことが、まだまだたくさんあるんだ。女の子の一人がタイムスリップしてきたとしても不思議はない。
さゆり　不思議です。
初男　とにかく私は信じるよ。
さゆり　信じるんですか？
初男　その方が面白いじゃない。
しずく　面白いって……。
雄太郎　疑うことからはなにも生まれない。この店では、なにを語っても、なにを演じても自由なんです。だから、僕もしずくさんを信じることにします。
三知夫　じゃあ、俺も信じる。
さゆり　ちょっと二人とも。
悦子　私も信じます。

さゆり　悦ちゃんまで。
悦子　なんだかロマンチックじゃないですか。未来からの使者みたいで。
さゆり　……そ、そうだよね。言われてみれば、しずくさんってちょっと変わった格好してるし、どこか不思議な感じがするもんね。私も信じようっと！
初男　どうやらみんな信じたようだね。ピース。
全員　ピース。
しずく　あの、信じてもらってどうなるわけでもないんですけど。
初男　ようこそ一九七一年へ。
しずく　いえ、ちょっと。
三知夫　ようこそ昭和四六年へ。
しずく　いや、だから。
雄太郎　ようこそ三三年前の日本へ。
しずく　待ってください。
さゆり　ようこそ、喫茶クレヨンへ。
しずく　だから待って！

しずくにサス。
音楽。

しずく　……この時点では、私が本当にタイムスリップしてしまったのか、あるいはこの店のみんなに担がれていたのかは判断できませんでした。なぜなら、私がこの店を出て、細い路地を抜けると、そこは間違いなく二〇〇四年の世界だったからです。つまり一九七一年の世界は、路地の先のこの喫茶クレヨンだけにしか存在しなかったのです。果たして、それが正しいタイムスリップと言えるのかどうか、私にはわからなかったけど、その時代になにか抗いがたい魅力を感じた私は、それからこの店に毎日のように顔を出すようになってしまったのです。そして私も、いつのまにかこの店の常連になってしまいました。

あかり落ちる。
しずく、ナレーション。

しずく　そうそう、この店には他にもこんな個性的な人たちがいました!

❷――しずくと愉快な仲間たち

サスが入る。高円寺薫がギターを持ってたたずんでいる。

高円寺は、長髪にベルボトム、そして下駄である。


高円寺 (ギターを奏でながら) こんにちは、しずくさん。ようこそ昭和四六年へ。

　僕が、噂のさすらいの吟遊詩人、高円寺薫です。君はもしかしたら僕の歌を聞くために、この時代にやってきたのかもしれないね。そんなに照れなくてもいいじゃないか。頬が赤らんでるよ。そんな君のために、とっておきのラブソングでも聞かせてあげようかな。おっと、その前に僕のことをなにか話さないとね。え？　どうして歌を歌っているかって？　そんな野暮なことを聞いちゃいけないよ。空を飛ぶ鳥に、〝どうしてあなたは空を飛んでいるの？〟って聞くようなものだよ。そう、宿命だね。君が僕の前に現れたようにね。フォーッ！……巷じゃ、フォークゲリラなんかで、さかんに反戦ソングが歌われているようだけど、僕は決して彼らには組しない。だってそうだろ？　反戦ソングを歌って戦争がなくなるほど世界は単純じゃない。僕はもっと大きな愛につつまれているような、そんな歌を歌い続けたい。そう、究極のラブソングをね。アハハハ。

　……それじゃ聞いてください。僕がライブの時にいつも歌うとっておきのナンバー、〝デートはいつも割り勘〟。

せつないイントロが始まる。高円寺はギターが下手。
時おり、変な音が鳴るが、おかまいなしに歌いはじめる。

高円寺　歌声喫茶でー（あかりが落ちる）、おい、消えんのかよ！

続いてサス。
牛込紀代彦が立っている。
奇抜な服装に派手なメイク。そして顔面に思い切り力が入っている。

紀代彦　生まれた時代が悪いのか、それとも日本が悪いのか、なにもしないで生きていくなら、それはたやすいことだけど。この世であなたとめぐりあい、あなたの愛につつまれて、なにも知らずに求めあうなら、それはやさしいことだけど。誰も許さず生きていく、俺にはそれが辛いのさ、とめてくれるな愛する人よ、涙が流れてくるけれど。見えない翼を携えて、行かなきゃならぬ俺なのさ、誰も知らない真実を、俺は求めて一人行く……。アングラ劇団〝路傍の人間観察〟座長兼役者兼裏方の牛込紀代彦とは、俺様のことさー。ちなみに劇団員は俺様一人。嫌われてるわけじゃない。つるむのが嫌いなだけさー。貴様は、未来の日本からやって来たという。それを言うなら、俺様も同じさ。俺様は二八七七年の日本から、腐敗した日本演劇界に新風を巻き起こすためにやってきたのさ。俺の魂の叫びが、お前の喉仏を過ぎる頃、お前は俺に洗脳され、俺の足元にひれふすだろう。なにがシェークスピアだ！　なにがチェーホフだ。なにが文学座だ！（あかりが落ちていく）うおーっ、これはなんの策略なんだー！　もっとあかりをー！

続いてサス。
五反田清。今までの登場人物に比べると、年上に見える。
いきなりボーリングのフォームを披露する。

五反田　今日のハイスコアは283。中山律子や須田加代子もびっくりの成績だ。新宿東宝ボウルを三時間待ちしただけあったね。徹夜の勤務明けには、ちょっときつかったけど。俺は五反田清。自動車の部品作ってる。趣味はご覧のとおりボーリング。今じゃ猫も杓子もボーリングって感じだけど、俺はブームになる前からの根っからのボーリング愛好家だ。そんじょそこらの連中と比べてもらっちゃ困る。チッチッチッ。これ宍戸錠ね。見てみろ、このフォーム（もう一度、フォームを披露する）！　完璧だろ？　今日の見せ場は、三ゲーム目の第九フレーム。一投目で俺はまさかのビッグ4。これには目の前がまっ暗になったよ。ビッグ4なんて、プロでもまずスペアできない最悪の状況だ。ボールに思い切りカーブをかけて、あとはピンアクションでなぎ倒すしかない。九フレをオープンフレームにしてしまったら、ここまでストライクを築きあげた努力が水の泡となる。息詰まった俺は、最後の勝負に出た。そう、俺がボーリング人生の中で、修業に修業を重ねて、ついに編み出した必殺の技、その名も〝魅惑の地獄車〟！〝美しきチャレンジャー〟の新藤恵美の魔球〝ビッグ4クリア魔球〟よりも、さらにすごいやつだ。俺は磨きあげたマイボールを手にすると、全神経を指先に集中させた。そして、ついに俺の必殺技がさく裂する時がやってきたのだ！（投げようとするとあかりが落ちる）。やっぱりねー！

音楽。
再びあかり入る。

初男はカウンターの中で、アメリカンクラッカーの練習をしている。
しずくは、悦子の隣に座っている。
そして、悦子にリリアンを教わっている。
カウンター席には、紀代彦（台本を書いている）、テーブル席では
高円寺が、ギター片手に漫画を読んでいる。
その隣のテーブルに、若い男（大森）とケバい女（ナオミ）。
大森は緊張気味である。

ナオミ　……煙草、吸っていい？
大森　……はい。
ナオミ　（煙草に火をつける）……こんな女が来ると思わなかった？
大森　……いえ、そんな。
ナオミ　ヨーコになんて言われたの？
大森　は？
ナオミ　だからヨーコは、あんたになんて言ったの？
大森　……女優に会いたくないかって、
ナオミ　それであんたは？
大森　いや……ぜひ会わせてくれって。
ナオミ　女優っていうくらいだから、岡田可愛とか吉沢京子みたいなのを期待してたら、アタイみたいなのが来ちゃったわけだ。
大森　はい。……いや、いえ。

ナオミ　アタイってどちらかというと、辺見マリとか緑魔子って感じだもんね。キャハハハ。
大森　アハハハ（困っている）。
ナオミ　アタイ、ナオミ。〝ナオミ、カムバック、トゥ、ミー〟のナオミね。あんたは？
大森　は、はい、大森正次っていいます。
ナオミ　でも、アタイは正真正銘女優だよ。それは嘘じゃない。ただまだ全然売れてないだけ。（アメリカンクラッカーの音に）ちょっとうるさいよ！
初男　……すいません。
ナオミ　〝八月の濡れた砂〟って見た？
大森　はい？　あー、あの日活の映画ですか？　僕は日本映画はちょっと……。
ナオミ　アタイ、ちょこっと出てるんだよね。
大森　そうなんですか？
ナオミ　二秒くらい映ってるかな。
大森　二秒……ですか。
ナオミ　二秒出るだけでも大変なんだよ！
大森　すいません。
紀代彦　（突然）あー、嘆かわしや、嘆かわしや、堕落した商業映画に二秒も出演してしまうとは。魂の堕落だ。肉体の無意味な消耗だ。君はそれで果たして芸術家と言えるのかね。
ナオミ　（紀代彦に近寄ると思い切り平手打ち）死ね。
紀代彦　（かなり痛い）……この痛みを甘んじて受け止めようではないか。
ナオミ　気持ち悪いな、お前。
大森　（呆然）

ナオミ　それで、今度さ、日活でポルノ撮ることになってさ。
大森　ポ、ポルノですか？
ナオミ　そう、白川和子主演で。それでアタイにもチャンスがめぐってきたわけ。
大森　ポルノ映画に出るんですか？
ナオミ　（急に色っぽくなり）ついては……お願いがあるんだけど。
大森　僕に……ですか？
ナオミ　実はさ、今日こうやってわざわざ出向いたのは……男優探してんのよ。
大森　男優？
ナオミ　そう。プロデューサーに頼まれちゃってさ、アタイが映画に出れる条件は、アタイとからむ男を見つけてくることなの。男連れてこないと、出してもらえないのよ。で、ヨーコにあんたを紹介してもらったってわけ。
大森　なるほど……って、ちょっと待ってくださいよ。僕が男優ですか？　それは困ります。僕はしがないサラリーマンです。だいいち、芝居なんてできるわけないじゃないですか！
ナオミ　演技力なんていらないの。アタイを犯すだけなんだから。
大森　犯す!?
ナオミ　そう、大久保清みたいにさ。簡単でしょう？
大森　簡単って言われましても……。
ナオミ　今日だって、ひょっとしたら女優とねんごろになれるんじゃないかって下心があったから来たんでしょう？
大森　いや、それは……。
ナオミ　（またまた色っぽく）だったら利害一致じゃない。アタイを犯せるんだよ。好きなようにしていいからさ。だめぇ？
大森　いやはや、その……。
ナオミ　なんなら、撮影前にちょこっと練習してもいいんだよ。
大森　れ、れ、練習ですか？
ナオミ　そう、れ・ん・し・ゅ・う。
大森　（すごーく悩むが）すいません！　やっぱり僕にはできません！　だって、お婿に行けなくなっちゃうからー！　マスター、ツケといて！（走り去る）
ナオミ　……ったく根性ないなぁ。
紀代彦　フフフ。
ナオミ　？
紀代彦　アーハッハッハッ。
高円寺　なんなんだ、その不気味な笑いは？
紀代彦　その話、引き受けたー！
高円寺　えーっ！
ナオミ　あんたが？
紀代彦　俺様は困ってる女性《にょしょう》を目の前にすると、放っておけないタチでね。幸い俺様は舞台俳優だから演技はまったく問題ない。
高円寺　問題あるよ。
ナオミ　あんたさっき、商業映画バカにしてたじゃん。
紀代彦　商業映画は嫌いだ。でも女の裸は……嫌いじゃない。
高円寺　好きなんかい。

紀代彦　さぁ、どうなんだ、俺様じゃ不服か。
高円寺　不服でしょう。

ナオミ、紀代彦を凝視する。

ナオミ　……あんたで手を打つか。
高円寺　オッケーなんだ。
紀代彦　グワハハハ。そうと決まれば、さっそく練習に行こう。
高円寺　ある意味、お似合いかも。
ナオミ　ちょっとあんた、練習が目的じゃないだろうね。
紀代彦　俺様は完璧主義者でね。やると決めたからにはとことん追求する性格なんだ。
ナオミ　大丈夫かなぁ。
紀代彦　マスター、この映画のギャラが入ったら、溜ったツケ払います。それじゃ。

紀代彦と、ナオミ出ていく。

初男　おい、ちょっと!……みんな金払えっての。
高円寺　紀代彦、ポルノに出ちゃうんですかね?
初男　どうせ、現場で勝手な芝居やって降ろされるのに決まってるよ。
高円寺　ハハハ、そりゃそうだ。
初男　それにしても、日活もポルノか。時代は変わるもんだ。

そこへ五反田が入ってくる。

初男　いらっしゃい。
五反田　（憮然と）またデモ行進やってるよ。
初男　おやおや。
五反田　そういえば、アングラ野郎が派手な女連れてたけど？
初男　気にしないで。それより今日はどうだった？
五反田　２０１、１９８、２２１。まぁまぁかな。ホットね。
高円寺　こんちは。
五反田　おう、高円寺。あいかわらず歌ってる？
高円寺　もちろん。僕の使命ですから。そうそう今度……。
五反田　ライブなら行かないから。さんざんここで聞いてるし。
高円寺　つれないなー、五反田さんは。
悦子　こんにちは。
五反田　おう、悦ちゃん、それに……えーと、しずくちゃん。
しずく　こんにちは。
五反田　君もすっかりこの店の常連になったね。
しずく　おかげさまで。
五反田　さゆりは？
初男　またあきらさま。
五反田　はー、あいつにも困ったもんだよな。（高円寺に）あれ？　それ最新号？

高円寺　はい。
五反田　ちょっと見せてよ、まだ読んでないんだよな。〝ハレンチ学園〟は欠かせないっしょ、やっぱ。マスター、コーヒーこっちね。
初男　あいよ。

五反田は、高円寺のテーブルに行き、漫画を読み始める。
高円寺は所在なげにギターを触ったりしている。

しずく　そういえば……。
悦子　え？
しずく　えつこって、どう書くんですか？
悦子　〝悦楽〟の悦。
しずく　は？
悦子　（指文字で書く）こう。
しずく　あぁ、やっぱり。悦子って、私の母と同じ名前なんですよ。
悦子　そうなんだ。
しずく　えぇ、だから親近感あったのかなぁ。
悦子　そうかもね。（リリアンをやってるしずくに）……だいぶ早くできるようになったね。
しずく　え？　あぁ、これ単純だけど、けっこうハマりますね。
悦子　そうでしょう。
しずく　でもちょっと疲れちゃった。

悦子　休憩すれば？
しずく　そうですね。あー、疲れた。悦子さんは、手紙の方、すすみましたか？
悦子　うん、だいぶね。
しずく　いつも、誰に手紙を書いてるんですか？
悦子　いろんな人にね。
しずく　いろんな人？
悦子　私、身体を壊す前は、タイピストやってたから、そこの会社の人とか、友達とかにね。
しずく　失礼ですけど、身体って、どこが……。
悦子　心臓がちょっとね。でも、そんな悪いわけじゃないのよ。ただ入院生活が長かったから体力が戻るまで安静にしてないといけないの。
しずく　そうなんですか。
悦子　かといって、一日中家にいてもつまらないでしょう？　だから、昼間はここまで来て、手紙書いたり、読書したり、みんなの話を聞いたりしてるの。ほら、ご覧のとおり、ここは愉快な人たちばかりだから。
しずく　そうですね。
悦子　しずくさんは手紙書いたりしないの？
しずく　私も書きますよ。書くのけっこう好きなんです。でも、最近はあまり書かなくなりました。
悦子　どうして？
しずく　返事が貰えないから。
悦子　そうなの？
しずく　はい。

悦子　かわいそうに。嫌われてるの？
しずく　そういうわけじゃないですよ。今では……二〇〇四年の日本では、手書きの手紙って、あまり書かないんです。みんな携帯でことが済んじゃうんです。
悦子　携帯？
しずく　携帯電話。信じられないかもしれないけど、みんな電話を持ち歩いているんですよ。
悦子　嘘、（公衆電話を指差して）あんな大きいのを？
しずく　違います。これくらいの大きさ。
悦子　そんな小さいの？
しずく　しかも、電話から手紙も送れるんです。
悦子　手紙も？　よくわからないな。
しずく　うーん、電報みたいなものかな？
悦子　だって、紙に書くから手紙なんだよ。
しずく　実物を見せてあげられればいいんですけど、私持ってないから。
悦子　なんだか二〇〇四年って、大変なことになってるみたいね。
しずく　たしかにそうかもしれません。……でも私はあまり好きになれない。
悦子　どうして？
しずく　おかしな言い方かもしれないけど、便利すぎるような気がするんです。
悦子　便利すぎる？
しずく　なんでも便利っていうのも、案外つまらないものですよ。
悦子　なんだか、贅沢な悩みのように聞こえるけど。
しずく　私には、この時代の方が合ってるかもしれません。

悦子　え？
しずく　この時代の雰囲気やスピードの方が、しっくり来るような気がするんです。
悦子　……そう言われると、自分のことのように嬉しいわ。
しずく　そんな。
悦子　ピース。
しずく　（ぎこちなく）ピース。

二人、微笑みあう。

悦子　ねぇ、その首飾り、可愛いいね。
しずく　ありがとう。これ母の形見なんです。
悦子　お母さんの？　お母さん、亡くなったんだ。
しずく　もともと身体が弱かったみたいで、私を生んですぐに。だから、まったく記憶にないんですけどね。
悦子　ごめんなさい。辛いこと思い出させちゃったかな。
しずく　いえ、いいんです。ほんとなにも覚えてませんから。……ただ、このネックレスを見ると、時々思うことがあるんです。
悦子　え？
しずく　母は、自分の命と引替えに、私を生んだんじゃないかって。
悦子　……しずくさん。
しずく　時々、そういう気持ちになっちゃうんです。一度、そんなふうに父に言ったらすごい剣幕で叱られましたけどね。母さんは、お前が生まれたことを、どんなに喜んでいたか知らないのか、お前が生まれたことをどれだけ、多くの人が祝福してくれたと思ってるんだって。それ聞いて、すごく嬉しかった。

悦子　そうよ、お父さんの言う通りよ。

しずく　だから、お母さんのぶんも、しっかり生きていかなくちゃって、そう思ってるんですけど、なんか空回りすることが多いんですよね。

悦子　いいのよ、それで。空回りしてもいいから頑張って。

しずく　……そうですね、頑張ります。

高円寺　……そういえば、しずくさんに前から聞こうと思ってたんだけど。

しずく　はい？

高円寺　二〇〇四年には、どんな歌が流行してるの？

しずく　歌ですか？

初男　それ聞きたいなぁ。音楽がどんなふうに進歩していくのか興味深いものがある。

高円寺　そうでしょう？

悦子　私も聞きたいな。

しずく　私あまり詳しくないんです。

高円寺　全然知らないわけじゃないでしょう？

しずく　そうですけど……うーん、あっ、ちょっと前に流行ったのなら。

悦子　歌って、歌って。

しずく　でも私、下手だから。

高円寺　歌は心で歌うものだよ、上手い下手じゃない。

五反田　下手な奴が言っても説得力ないね。
高円寺　ほっといてください。
初男　……ぜひ、未来の歌を聞かせてください。
悦子　お願い。
しずく　……じゃあ、ちょっとだけ。

みんな拍手。
しずく、少しためらうが意を決して歌いはじめる。
歌は、松浦亜弥。
……微妙である。

しずく　（熱唱）……こんな感じで。

一同、呆然。

高円寺　……やっぱり斬新だよねー。
初男　そうだねそうだね、うんうん。
五反田　そうかなぁ。
悦子　（ノーコメント）

しずく、落ちこむ。

そこへ三知夫が走りこんでくる。

三知夫　（息が荒い）マスター、悪いけどちょっとかくまってくれないかな。
初男　どうしたんだ？
三知夫　ちょっとね。
初男　お前、まだ危ない橋を渡ってるのか。
三知夫　たいしたことじゃないよ。いつものことさ。

店の前を、何人かが走り去る。
身をひそめる三知夫。

初男　まったくしょうがない奴だ。……悪いけどかくまうわけにはいかない。
三知夫　どうして？
初男　他のお客さんに迷惑だ。
三知夫　迷惑って……みんな仲間じゃねーか。
初男　仲間だからこそ迷惑かけられないだろう。
三知夫　……そんな。
しずく　三知夫さん……。
初男　……トイレの窓。
三知夫　え？
初男　外に出たら、塀伝いに右手に逃げろ。大通りに出られる。

三知夫　わかりました。恩に着ます。

三知夫、出ていく。

高円寺　あいつまだやってるのか。無意味なことを。
しずく　あの……。
初男　え？
しずく　三知夫さん、大丈夫なんですか？　なにがあったんです？
五反田　ほっとけ、ほっとけ、どうせガキの遊びなんだから。
初男　ほんと心配しなくていいよ。いつものことなんだから。
しずく　でも……。

そこへ、ヘルメットにサングラスをした、学生活動家（男と女）が入ってくる。

初男　いらっしゃい。
大学生〔男〕　客じゃない。今、ここに男が入ってこなかったか？
初男　さぁ、よくわからないけど。
大学生〔女〕　わからないはずないだろう。さっき、入ってくるのをたしかに見たんだ。
初男　（みんなに）知ってる？
高円寺　さぁ。
大学生〔女〕　隠してもダメだよ。

初男　隠すもなにも、ねぇ。そんなことよりせっかくだからコーヒーでも飲んでいきなよ。そんな物騒な顔してないでさ。
大学生〔男〕　そんな暇はない（トイレの方に行く）。
大学生〔女〕（高円寺に）……君は反戦ソングでも歌ってるのか？
高円寺　いいや、ラブソングだ。
大学生〔女〕　よくこんな時代にラブソングなんか歌ってられるな。
高円寺　こんな時代だからこそ歌ってるんだ。
大学生〔女〕　……（漫画を読んでる五反田を見て）どうやら、ここは精神の堕落した連中ばかりみたいだな。
高円寺　なんだって？
大学生〔女〕　なんの思想も目的もない、腑抜けの集まりだ。
五反田　ガキがガタガタぬかすんじゃねぇよ。
大学生〔女〕　なんだって？
五反田　あのな、てめえらみたいな連中に前から言いたかったんだけどな、棒切れ振り回して遊んでるんだったら労働をしろ労働をよ。
大学生〔女〕　我々は遊んでいるわけじゃない。社会情勢を鑑み、日本浄化の理念のもと、日々闘争と……。
五反田　だから、そんなゴタク並べる暇があったら、土のひとつでも耕せってんだよ！

女、なおも言い返そうとするが、男が戻ってくる。

大学生〔男〕　窓から逃げたかもしれない。行くぞ。

二人、出ていく。

五反田　あーぁ、気分悪いな。おい、高円寺、飲みに行こう。
高円寺　いや、でも金が。
五反田　給料入ったから奢ってやるよ。
高円寺　ほんとですか!
五反田　じゃあ、悦ちゃん、しずくちゃん、また。ごちそうさま。
初男　悪かったな。
五反田　なんも。（高円寺に）俺んちでいいか。
高円寺　居酒屋じゃないんですか?
五反田　そのかわり、カップヌードル食わせてやる。
高円寺　えっ、あの鍋のいらないインスタントラーメンですか?　僕、食べたことないんですよ。
五反田　特別にごちそうしてやるよ。一〇〇円もするんだからな。
高円寺　楽しみだなぁ。

二人出ていく。
不安そうなしずく。
音楽。暗転。

❸——三知夫の秘密と悦子の失恋

あかりが入る。
初男はカウンターの中で本を読んでいる。
雄太郎が座っている。
初男、やがて本から顔をあげ、雄太郎の方を見る。

初男　今日はもう来ないんじゃないかな。
雄太郎　……そうですか。
初男　昨日の今日じゃ、ここもマークされてるだろうし。
雄太郎　でもあいつ、他に行くところないと思うんです。
初男　下宿の方には？
雄太郎　……いいえ。
初男　そっか。
雄太郎　まったく、どれだけ心配かければ気がすむんだ。
初男　三知夫のことだから、なんとかするだろう。いや、なんとかできないか。
雄太郎　あいつ、あぁ見えて正義感のある男なんです。変なことに巻き込まれてなければいいんだけど。

初男　まぁでも、自分がなにをするべきか、それくらいの分別はつくんじゃないかな。
雄太郎　そうだといいんですが。
初男　おかわり飲む?
雄太郎　いえ、けっこうです。……僕が誘ったんです。
初男　え?
雄太郎　僕が運動にあいつを引き込んだんです。
初男　そっか。
雄太郎　あいつは元々、楽しく生きられればそれでいいみたいなノンポリだったから。それを僕がオルグしたんです。あいつも有り余ったエネルギーを放出する場所を探していたみたいで、ふたつ返事で活動に加わりました。最初は僕の方が熱心だったし、過激でした。あいつは、わけがわからないまま、僕のあとについてくるって感じで。ちょっとしたお祭り気分だったんじゃないかな。でも、僕はある時、自分の行為の愚かさと運動の無意味さに気づいたんです。活動家の中には、もちろん真剣に社会を憂いて行動を起こしている奴もいたけど、大半の連中は、ただ面白いからやってるに過ぎなかったんです。ポーズなんですよ、活動は。まぁ、人のことは言えませんけど。僕自身、中途半端なまま活動をやめてしまった情けない男です。三知夫に日和《ひよ》ったって言われても、返す言葉なんてないんです。
初男　私くらいの歳の人間に言わせれば、簡単に変節できることこそが、若者の特権だと思うけどね。むしろお前たちくらいの年齢で思想が固まってしまうことの方が危険だよ。
雄太郎　でも三知夫は違ったんです。僕が気づいた頃には、あいつはどんどん運動にのめりこんでしまっていた。あいつ自身、もう活動が有名無実化してることはわかっているはずです。なのに、やめようとしない。……これは僕の推測なんですけど、あいつは自分だけは活動に居残って、自分が誘いこんだ連中たちを、活動から離れさせようとしているんじゃないでしょうか？　それを上層部のやつに疎まれて……。

そこへ、ほうきとチリトリを持ったしずくが入ってくる。

しずく　店の前、キレイになりました。
初男　あぁ、ありがとね。……とりあえず、あいつを信じて帰ってくるのを待とうじゃないか。とにかく雄太郎、お前が軽はずみな行動取るんじゃないぞ。
雄太郎　……わかりました。そろそろ行きます。心配かけてすいませんでした。
初男　三知夫が来たら連絡する。あっ、それから……。
雄太郎　はい？
初男　（紙を渡しながら）今度、うちで一〇周年のパーティーやるから、よかったらおいでよ。
雄太郎　わかりました。それじゃ。

雄太郎、出ていく。

初男　悪いね、しずくにこんなことさせちゃって。
しずく　いいえ、いいんです。暇だから。
初男　まったくいくら好きだからって、にしきのあきら全国ツアーについてまわるか？　さゆりの奴。
しずく　さゆりさんらしいじゃないですか。……それより三知夫さんはまだ？
初男　……らしい。

しずく　いったいどこに行ったんだろう？　捕まっちゃったのかな？
初男　あいつのことだから、きっと大丈夫さ。
しずく　私、すごいと思います。
初男　なにが？
しずく　私とたいして歳が変わらないのに、自分の信念に基づいて政治運動ができるなんて。尊敬しちゃいます。
初男　そんなたいしたことじゃないよ。あいつらだって、本気で日本が変えられるなんて思っちゃいないよ。
しずく　でも少なくとも行動を起こしてます。自分なりの行動規範を持ってるんです。
初男　（笑って）しずくも、いっぱしの活動家のような言葉を話すようになったね。
しずく　あっ、ほんとだ。私って影響されやすいんですね。
初男　それも若さの特権だよ。
しずく　でもこういう話し方って、気持ちいいですね。自己批判しろ！　自己批判！　なんちゃって。

二人笑う。

初男　……なぁ、しずく。
しずく　はい？
初男　あまり未来のことは聞きたくなかったんだけど。
しずく　なんでしょう？
初男　二〇〇四年の日本は平和なのかな？

しずく　え？
初男　誰もが幸せに暮らせる、豊かで安全な国になってるのかな？
しずく　それは……。

しずく、なにかを言おうとした時、公衆電話が鳴る。

初男　あっ、ごめんね。……（受話器を取り）もしもし、あーっ、はいはい、おー、もうそんな時間か。わかったわかった。すぐ行く。

初男、受話器を置く。

初男　……しずく、もう少しここにいられる？
しずく　大丈夫ですけど。
初男　悪いけど町内会の寄り合いがあるんだ。一時間くらいで戻るから、店番やっててくれないかな。どうせ客来ないと思うし。
しずく　それは構いませんけど……。
初男　それじゃお願いします。
しずく　私一人で大丈夫ですかね？
初男　とりあえず客が来たら、全部アイスコーヒー出しちゃえばいいから。おつりは、そこに入ってる。それじゃよろしく！

初男、出ていく。

しずく　あっ、いってらっしゃい！……大丈夫かな？

しずく、不安そうながらも、どこか楽しそうでもある。
そして、テーブル席に座ってひとり芝居をはじめる。

しずく　えー、喫茶クレヨンのある日の風景。……〝だいたい、お前の思考は単純かつ短略的だ。そんなことじゃ迷える日本を救うことなんてできないぞ！〟〝何を言うか、貴様の考えこそ、机上の空論に過ぎないんじゃないのか？　そんな無味乾燥な理想論より、今必要なのは具体的な政策論だ！〟〝ナンセンス！〟〝お前の方こそナンセンス！　貴様の方がナンセンスだってんだ、こんちくしょう！〟〝超ムカツク〟〝超超ムカツク！〟

悦子が入ってきて、それを見ていた。

悦子　……なにやってるの？
しずく　あぁん？　悦子さん！　いつのまに！
悦子　今のは、なんの真似？
しずく　い、いいえ、ちょっと三知夫さんと雄太郎さんの会話を再現してみようかなって。
悦子　おかしな人ね。
しずく　お恥ずかしい。

悦子　マスターは？
しずく　町内会の寄り合いみたいです。さゆりさんは、にしきのあきらコンサートツアーに同行してるんで、それで私がお留守番。
悦子　いいかげんな店だこと。……でもなに？
しずく　は？
悦子　さっきの、超ムカツクって。それ流行ってるの？
しずく　……あぁ、そういえばこの時代には言ってませんよね。超ナニナニって。
悦子　未来の言葉なんだ。
しずく　まぁ、一種の若者言葉ですね。最大級の表現の時に使うんです。例えば……「今日の悦子さん、超オシャレで超カワイイ！」
悦子　ありがとう。えっと……超うれしい！　こんな感じでいいのかな？
しずく　そんな感じです。でも、今日の悦子さん、本当に可愛いいですね。どこかお出かけだったんですか？
悦子　病院に定期検診に。
しずく　そうだったんですか。
悦子　なにか飲みものって貰えるのかな？
しずく　マスターにはアイスコーヒーだけ出してくれって言われてるんですけど。
悦子　じゃ、それお願い。
しずく　承知しました。あっ、それとこれ（紙を渡す）。
悦子　なに？
しずく　今度、一〇周年パーティーやるみたいです。

悦子　そう……。来られるといいけど。
しずく　ぜひ。

しずく、カウンター内に入る。

しずく　今日は、ちょっと涼しいですね。
悦子　そうね、でも雨雲が出てきたみたい。超夕立が降るかもね。
しずく　病院はこの近くなんですか？
悦子　ううん、超神田の方。
しずく　それじゃ国電で？
悦子　そう、超国電で。
しずく　あの……。
悦子　え？
しずく　超の使い方間違ってます。
悦子　そうなの？　なんか癖になっちゃうわね、これ。
しずく　ハハハ。（アイスコーヒーを運ぶ）どうもお待たせしました。
悦子　ありがとう。しずくちゃんも飲んじゃえば？
しずく　そうですね。私も貰っちゃおう。
悦子　どんどん飲んじゃいなさい。それくらい当然の権利よ。
しずく　そんな飲めませんよー。
悦子　……ねぇ、しずくさん。

しずく　はい？
悦子　しずくさんは彼氏（語尾上げ）はいないの？
しずく　彼氏（語尾上げ）ですか？
悦子　彼氏（語尾下げ）。
しずく　彼氏（語尾上げ）は……。
悦子　なんで急にナマるの？
しずく　え？……あー、彼氏（語尾下げ）ですよね。すいません。ハハハ。残念ながら、いないです。
悦子　そうなの？　そんなに可愛いいのにね。
しずく　なに言ってんですか。なんにも出ないですよ。
悦子　ううん、本当に可愛いいと思うよ。
しずく　ありがとうございます。悦子さんの方こそ、彼氏いないんですか？
悦子　私？
しずく　だって、悦子さん、キレイですもん。
悦子　そんな……そうね。
しずく　ぶっ（飲みかけたコーヒーを吐き出す）！　自分で認めましたね。
悦子　ハハハ、冗談よ。でも……好きな人はいるわ。
しずく　好きな人ですか？
悦子　正確には〝いた〟と言った方がいいかな。
しずく　え？
悦子　ほんの一時間ほど前に、私の片思いは終わりを告げたの。
しずく　……どういうことですか？

悦子　私の恋は報われないまま、終わってしまったってこと。
しずく　そうなんですか？
悦子　うん。
しずく　でも……。
悦子　それ以上は聞かないで。
しずく　え？
悦子　それ以上は。
しずく　……すいません。聞いちゃいけなかったですね。
悦子　うん。
しずく　ごめんなさい。

気まずい間。

悦子　……ねぇ、しずくちゃん。
しずく　はい。
悦子　私たち友達よね。
しずく　もちろんです。
悦子　まだ知り合って日は浅いけど、いい友達だよね。
しずく　私はそう思ってます。
悦子　だったらこういう時は、しつこく聞いてくるものよ。
しずく　は？

悦子　〝いったい何があったの？　私でよかったら聞かせてくれない？　少しは気が楽になるかもしれないよ〟。……そうやって聞いてくるのが本当の友達じゃないかしら？
しずく　……そ、そうなんですか？　そうですよね……。ゴホン、えー、悦子さん。
悦子　（大げさに）ごめんなさい、それ以上は聞かないで。
しずく　（ぎこちなく）悦子さん、私たち友達でしょう？　いったいなにがあったの？　私でよかったら聞かせてくれない？
悦子　でも……。
しずく　少しは気が楽になるかもしれないでしょう？
悦子　……それじゃ聞いてくれる？
しずく　もちろん。
悦子　しずくさんだから話すんだからね。
しずく　……光栄です。

二人、顔を見合わせて笑う。

悦子　私ね、この一年ずっと一人の男性に恋をしていたの。寝ても醒めてもその人のことばかり考えていたわ。その人が夢枕に立つ時もあるくらい。
しずく　それちょっと怖いな。
悦子　（睨む）
しずく　ごめんなさい。でもそんなに好きだったんですか？
悦子　大好き。こんなに人を好きになったのは初めてかもしれない。

しずく　もっと聞いてもいいですか？
悦子　聞いて、聞いて（ノリノリ）。
しずく　相手はどんな人なんですか？　ひょっとして、この店のお客さん？
悦子　まさか。私にも選ぶ権利はあるわ。
しずく　それひどくないですか？
悦子　そうね、ごめんなさい。私が好きだったのは……私の担当医の先生。
しずく　お医者さまですか。
悦子　そう、鷲谷先生。すっごく背が高くてハンサムなの。
しずく　すごい。
悦子　しかも医者としても一流。
しずく　完璧じゃないですか。
悦子　でもはげてるの。
しずく　は？
悦子　ツルッパゲ。まだ三〇歳なのに、頭ツルツルなの。
しずく　そうなんですか。
悦子　でもそんなことはどうでもいいの。鷲谷先生は、本当に優しくて、患者のために一所懸命で、純粋な心を持った素敵な男性なの。
しずく　はぁ。
悦子　最初はもちろん、医者と患者の関係に過ぎなかったわ。病気が判明した当初は、私ひどく落ちこんでたの。だってそうでしょう？　それまでどこも悪いところがなくて、青春をめいっぱい謳歌していたのに、急にあなたの心臓には致命的な欠陥がありますって言われたのよ。私は絶望の淵に立たされたわ。
しずく　そうでしょうね。
悦子　でもそんな時に、鶯谷先生は私を力強く支えてくれたの！

突然、すごいメロドラマチックな音楽

しずく　あらら？

悦子にサス。
おもむろにハゲヅラをつけた紀代彦登場。

紀代彦　やぁ。
悦子　鶯谷先生！
しずく　えー！
紀代彦　誰がなんと言おうと鶯谷です。
しずく　まじっすか。
紀代彦　ダメじゃないか、弱気になって。そんなことじゃ、いつまでたっても元気になれないぞ。
悦子　だって先生、私もう助からないんでしょう？　心臓に欠陥があるなんて、不治の病を宣告されたようなものだわ。
紀代彦　ハハハ、大げさだなぁ。えつりんは。
しずく　えつりん？

紀代彦　えつりんの病気は、しばらく安静にして薬を飲んでいれば、すぐによくなるんだ。たしかに、今までどおりってわけにはいかないが、日々の生活の中で少しだけ気をつけてさえいれば大丈夫なんだよ。
悦子　嘘。
紀代彦　嘘じゃないさ。
悦子　だって心臓なんですよ。
紀代彦　（大声で）心臓がなんだってんだ！
悦子　うっ！（心臓を押さえて苦しそうにする）
紀代彦　あっ、ごめん。
しずく　おいおい。
悦子　……なんとか持ちこたえました。でも、ほらやっぱり私は。
紀代彦　僕が信じられないのかい？
悦子　そういうわけじゃないけど……。
紀代彦　医者と患者に、一番大切なのは信頼関係なんだ。えつりんが僕のことを信じてくれないと、適切な治療ができなくなる。
悦子　でも……。
紀代彦　僕の目を見て！　僕を信じて、ついてきてくれるかい？
悦子　……。
紀代彦　えつりん。
悦子　……はい！
紀代彦　こーいつー！　そうこなくっちゃ！　もう君は治ったも同然だよ。アハハハ。

ラブリーな音楽とともに、紀代彦去る。
照明ふつうに戻る。

悦子　……ねっ、かっこいいでしょう？
しずく　微妙です。
悦子　（なにもなかったかのように）入院してると、まわりが病気の人ばかりでしょう？　どうしても気弱になるし、検査検査の繰り返しで、体力的にもつらいものがあったわ。でも、そんな私を鶯谷先生は、しっかりと支えてくださったの。それで、感謝の気持ちがいつのまにか、愛情に変わっていったわけね。それにね、鶯谷先生とは、いろんな意味で価値観も同じだったの。こんなに好きなものが同じ人って初めてだったわ。好きな音楽、好きな小説、好きな食べ物、好きな恐竜。
しずく　恐竜？
悦子　そう、私も先生もプテラノドンが大好きだったの。すごいでしょう。
しずく　……すごいのかな。
悦子　じゃあ、しずくちゃんは、どんな恐竜が好き？
しずく　えー、ステゴザウルスかな。
悦子　ほら。
しずく　いや、ほらって。
悦子　なかなか好きな恐竜まで同じ人はいないわ。私が鶯谷先生との出会いに運命的なものを感じても当然でしょう？
しずく　……。
悦子　当然だよね？

しずく　はい。
悦子　……本当のこと言うとね、私がいつもここで書いていた手紙は、先生にあてたラブレターだったの。
しずく　そうなんですか？
悦子　次に病院に行く時に渡そうって、いつもいつも。でも病院に行くたびに、先生の顔を見るたびに、私は臆病になってしまって渡すことができなかった。いつのまにか私の机の中には渡せなかったラブレターが山積みになってしまっていたの。
しずく　そうだったんですか。あの……話の流れからすると、今日ついに手紙を渡すことができたってことに……それで、その返事が……。
悦子　手紙は渡せなかったわ。
しずく　え？
悦子　しずくさんの言うように、今日こそは渡そうと心に誓って病院に行ったの。でも……。私の淡い恋心と、ひそやかな未来への期待は、先生の一言であっという間に、その存在意義を失ってしまったの。
しずく　先生はなんて？
悦子　来月結婚するって。
しずく　え……。
悦子　先生には将来を誓いあった恋人がいたのよ。
しずく　……そうなんですか。
悦子　滑稽でしょう。考えてみれば、私は先生の私生活も、恋人がいるのかどうかも知らないで、勝手に思いを募らせていただけだったの。お笑い草だよね。

しずく　そんな……。
悦子　先生にとって、私は多くの患者のうちの一人でしかなかったのよ。

間。
夕立が降りはじめる。

しずく　……雨、降ってきちゃいましたね。
悦子　ごめんなさい。無理に話を聞かせちゃって。
しずく　いえ……。恋愛経験の少ない私がこんなこと言うのもおかしいんですけど……人を好きになること、誰かを愛すること、その気持ちが大事なんじゃないでしょうか？　人を好きになると、毎日見ていた同じ景色でも、なにか違ったものに見えたりしますよね。すべて輝いていたりして。それになぜだかよくわからないけど、人に優しくなれるような、そんな気もするんです。恋をすることって、そこが素敵なんじゃないかな？　悦子さんの恋は、片思いだったかもしれないけど、でも先生を好きになったおかげで、つらい入院生活にも耐えられたし、生きることに前向きになれたんじゃないでしょうか？
悦子　……。
しずく　片思いだって、立派な恋ですよ。
悦子　……そうね、そうかもしれない。私、先生を好きになってからずっと、毎日が楽しかったもの。病気のことなんか忘れるくらいに。誰かを好きでいられること、そのことが大事だったんだね。
しずく　すいません、生意気なこと言って。
悦子　ううん、ありがとう。本当にありがとう。

しずく　そんな、やめてくださいよ。
悦子　でも……でもね。
しずく　はい？
悦子　今日だけは泣いてもいい？
しずく　え……。
悦子　情けないけど、泣いてもいいかな？
しずく　……情けなくなんかないですよ。
悦子　ごめんね。ごめんね……（泣きだす）。

雨の音、高まる。
音楽。暗転。

❹ 高円寺の歌と、高円寺のファン

あかりが入ると、前場の数時間あと。
しずくはカウンターの中でボーッとしている。
テーブル席には、高円寺が座っている。
コーヒーを飲み終えた女が帰ろうとする。

女　ごちそうさまでした。
しずく　ありがとうございました。一〇〇円です。
女　雨、やんだみたいね。
しずく　もう大丈夫みたいです。
女　雨宿りできてよかったわ。
しずく　またいらしてください。
女　そうね、それじゃ。
しずく　ありがとうございました。

女、出ていく。

高円寺　……雨宿りの喫茶店……か。
しずく　なにかいいフレーズ浮かびました？
高円寺　そうだなぁ……こういうのはどうだろう？　雨宿りで喫茶店に入ったら、昔、喧嘩別れした男がいて、思い出話をしてるうちに……。
しずく　いいじゃないですか。
高円寺　やっぱり大喧嘩になっちゃうっていうの。タイトルは〝雨宿りの因縁対決〟。
しずく　……なんなんですか、それ。
高円寺　やっぱりダメか。
しずく　はい。
高円寺　そっか……。
しずく　それにしても、マスター遅いですね。
高円寺　あぁ、寄り合いはいつも飲み会になっちゃうからね。きっと遅いんじゃないかな。しずくさん、用事があるんだったら僕が留守番するから大丈夫だよ。
しずく　いいえ、大丈夫です。
高円寺　まだ二〇〇四年に戻らなくても？
しずく　はい、もう少しここにいます。
高円寺　……不思議な人だなぁ、しずくさんは。
しずく　え？
高円寺　ううん、なんでもない。
しずく　……あの、前から思ってたんですけど。
高円寺　ん？　なんだろう？

しずく　高円寺さんの歌って、少し独創的すぎませんか？
高円寺　えっ、そうかな？　どの歌のことだろう？　〝デートはいつも割り勘？〟それとも〝迎え酒でまた吐いた？〟あっ、あれかな〝ヒゲの濃さは愛情の濃さ？〟
しずく　全部です。
高円寺　全部？
しずく　そう、タイトルもそうだけど、歌詞がちょっと理解不能なんです。
高円寺　僕はいたって素直に気持ちを言葉に置き換えたつもりだけど。
しずく　私にはそうは思えません。ちょっと〝ヒゲの濃さは愛情の濃さ〟歌ってもらえますか？
高円寺　〝そして今日もまたむなしいよー、僕はヒゲが濃い、そして君に恋ぃー〟
しずく　なんなんですか、それ。〝僕はヒゲが濃い、そして君に恋〟ってダジャレじゃないですか。
高円寺　ダメかな？
しずく　ダメです。
高円寺　これは僕のようなヒゲの濃い男の悲しみを歌った曲なんだよ。だから五反田さんには評判いいんだけど。
しずく　ヒゲの濃い人だけに受けてどうするんですか。
高円寺　ダメかな？
しずく　ダメです。
高円寺　……。
しずく　そんな潤んだ目で見てもダメです！
高円寺　そうか……僕は最高だと思ったんだが。……やっぱり僕には才能がないんだろうか？
しずく　いや、そんな落ちこまないでください。すいません、生意気なこと言っちゃって。

高円寺　……（シクシク）。
しずく　まいったなぁ、ほんの軽い気持ちで言ったのに。ほんとシロウトの言うことなんか気にしないでくださいよ。
高円寺　……たしかに、しずくさんの言うとおりかもしれないな。
しずく　そんな……。
高円寺　たくろうなんか聞いてると、自分の才能のなさに呆然としちゃうんだ。どうして、あんないい曲がいとも簡単に作れるんだろうってね。……僕のライブの観客動員、最高で何人か知ってる？
しずく　いえ……。
高円寺　四人。
しずく　え？
高円寺　だから四人！
しずく　四〇人じゃなくて？
高円寺　しかも、その四人はマスターとさゆりちゃんと紀代彦と、通りすがりの酔っ払い。
しずく　……そうなんですか？
高円寺　毎回来てくれるのは紀代彦だけ。あいつの場合、自分の芝居に来てもらいたいから来てるようなものだし。
しずく　じゃあ、今はお客さん一人？
高円寺　最近、妙な女が来てるけど。
しずく　ファンじゃなくて？
高円寺　ファンなのかもしれないけど、あまり認めたくないような……ちょっと危ない感じの女。
しずく　はぁ？

高円寺　まぁ、これが僕の限界なんだよ。自分でもそれはわかってるんだ。……でもね、往生際が悪いかもしれないけど、僕はあきらめることができないんだ。僕は歌ってる時が一番幸せなんだ。どうして、こんな楽しいことをやめる必要があるだろう？　僕は一人でも多くの人に、僕の歌を聞いてほしいし、一人でもいいから僕の歌に共感してほしい。才能がないからって、それを放棄しなくちゃいけないって法律はないだろう？　僕は間違ってるかな？

しずく　いえ……、正直言ってうらやましいです。

高円寺　え？

しずく　高円寺さんも、紀代彦さんも、それから三知夫さんも、みんな自分がやりたいことがはっきりしてるっていうか……夢を持っていて素敵だなって思うんです。

高円寺　しずくさんは、やりたいこととかないの？

しずく　まだ自分でもよくわからないんです。いくつかやりたいことはあるんですけど、心の底からやりたい！　って思うことがなくて。このまま漠然と就職して、漠然と結婚して……そんなふうになっちゃうのかなって考えたりします。

高円寺　まぁ、それもひとつの人生のかたちではあるよ。むしろそういう人の方が多いんじゃないかな？　以前、マスターに言われたことがあるよ。〝夢も大事だけど、生活も大事だよ、しっかり生活しなさい〟ってね。

しずく　しっかり生活……ですか。

高円寺　そう、しっかりした生活の先に、夢の実現がある。

そこへ、五反田が入ってくる。

しずく　あっ、いらっしゃいませ。
高円寺　こんちは。
五反田　……。
しずく・高円寺　？
しずく　あの……五反田さん？
五反田　……。
しずく　五反田さーん。

五反田、突然ボーリングのフォームを始める。

五反田　……もうひと投げ行ってくる。

五反田、去る。

しずく　……なんなんですか？
高円寺　さぁ、よっぽど、今日の出来が不満だったんじゃない？
しずく　（笑って）おかしな人ですね。
高円寺　でも僕は五反田さん、大好きだよ。一所懸命働いてるし、ああやってボーリングという夢中になれるものを持ってるし。
しずく　五反田さんは、プロボーラーめざしてるんですか？
高円寺　いや、ボーリングはあくまで趣味の領域にとどめていたいみたいだよ。〝職業にしたら楽しくなくなっちゃうじゃねーか〟って言ってたし。僕もそういうふうに割り切れたらいいんだけどね……。

しずく　高円寺さん……。

高円寺　未練がましいのかなぁ。

しずく　高円寺さん、自分で納得できるところまで、とことん頑張ってください。

高円寺　え？

しずく　その方が、高円寺さんらしいです。私、応援します。

高円寺　……ありがとう。そうだね、うん、もう少し頑張ってみるよ！

しずく　はい！

高円寺　ちょっとトイレ！

しずく　行ってらっしゃい。

高円寺、トイレに行く。
しずく、片付けを始める。
そこへ、いかにも田舎くさい女（ゆうこ）が入ってくる。

しずく　いらっしゃいませ。

ゆうこ　（彼女は東北弁ナマリである）こんちは。

しずく　ご注文はなんにしましょう？

ゆうこ　……牛乳あるがな？

しずく　あの、アイスコーヒーじゃダメですか？　私、留守番でそれしかできないんです。

ゆうこ　牛乳がいい。
しずく　……はぁ。
ゆうこ　すっげえ、ひゃっこいのね。
しずく　……わかりました。

しずく、カウンターに戻る。

ゆうこ　あの……。
しずく　なにか？
ゆうこ　この店に、高円寺薫さんって方、よく来るがな？
しずく　（トイレの方を見て）ええ、今も……。
ゆうこ　やっぱり来るのが？
しずく　ええ、だから今も……。
ゆうこ　いや、えがったー。ついに見つけたー。
しずく　あの……高円寺さんのお友達なんですか？
ゆうこ　いいや、友達なんかでね。
しずく　え？
ゆうこ　ファンだ。
しずく　ファン？
ゆうこ　んだ。
しずく　もしかして……高円寺さんのライブに来てる……。

ゆうこ　高円寺薫ファン第一号とは、私のことだ。まぁ、第二号はいないけどね。
しずく　それはどうも！　いつもありがとうございます！
ゆうこ　……なんで、あんたがお礼言うんだ？　あんた、高円寺さんのなに？
しずく　私はただの友達です。
ゆうこ　ほんまにそれだけ？

ゆうこ、しずくに詰め寄る。
その時、高円寺がトイレから出てくる。

ゆうこ　あっ、高円寺さん！
高円寺　うわっ、君は……。
ゆうこ　あちゃー、いづ見てもかっこええー。
高円寺　そ、それはどうも。
しずく　彼女、高円寺さんのファン第一号なんですって。
高円寺　よく知ってる。いつもライブありがとう。
ゆうこ　んな、水くせえ。
高円寺　でもどうしてここに？
ゆうこ　いろいろ高円寺さんの出没する場所を探してたんだけど、どうやらここに出入りしてるって
　ことがわかって……。
高円寺　そんなことしてたの？
しずく　まるでストーカーじゃないですか。

ゆうこ　私はストリッパーでね！
しずく　誰もそんなこと言ってないじゃないですか！　ストしか合ってないし。
高円寺　申し訳ないけど、私生活には立ち入らないでほしいんだ。ライブならまたあるし。
ゆうこ　それがもうライブに行けねえんだ。
高円寺　えっ？　どうして？
ゆうこ　……あの、ムーディーな音楽ありますか？
しずく　は？
ゆうこ　あったらかけてほしいんですけど。
しずく　は、はい。……わかりました。

しずく、カウンター内のレコードを探す。

高円寺　しずくさん、相手にしなくていいよ。
しずく　でも……あのムーディーなやつですよね。
ゆうこ　んだ。
しずく　これでいいかな……。じゃあ、かけますね。
ゆうこ　よろしく。
しずく　いきまーす！

しずく、レコードをかける。
流れる曲は、三波春夫の〝世界の国からこんにちは〟。

ゆうこ　私、渡辺ゆうこは、雪深い……こんにちはー、こんにちはー、世界の国からー、楽しかったな、大阪万博。……って違うよ！
しずく　すいません！　間違えました！
ゆうこ　なんで、ムーディーな音楽で、三波春夫かけるがなぁ。
高円寺　なぜ、音楽が必要なの？
ゆうこ　私、音楽がねぇと真面目な話ができねえんだ。
高円寺　困った女だな。
しずく　あの……今度こそ大丈夫です。
ゆうこ　頼むよ、ほんど。
しずく　はい、いきまーす。

流れる曲は、和田アキ子の〝笑って許して〟。

ゆうこ　私、渡辺ゆうこは、雪深い……わらあって、ゆるしてー、こーんなーあーひーほー、やっぱ、和田アキ子はパンチが効いてていいね……っておい！
しずく　すいません、また間違えました！
ゆうこ　あんた、絶対わざとだな。
しずく　いえ、そういうわけでは。今度こそ、今度こそ！
ゆうこ　ほんと、頼むって。三回やったらクドいからね！
しずく　はい、どうぞ。

ようやくムーディーな音楽流れる。

ゆうこ　私、渡辺ゆうこは一六の春に集団就職で雪ぶけえ東北の村がら、大都会東京に出てきました。田んぼと畑しがねえようなところで育った私にとって、東京はまるで別世界、人は多いし、建物はでっけえし、言葉も通じねぇ。仕事は過酷だし、私は田舎を思い出して毎日泣いてだ。そんな時、高円寺さんの歌に出会ったんだ。高円寺さんの歌は、素朴で純粋で、疲れきった私を癒してくれた。高円寺さんの歌がながったら、私、自殺してたかもしれね。それにルックスも最高だし。本当に……高円寺さんには感謝しでます。……んでも、私は今度、田舎の農家に嫁ぐことが決まりました。明日、私は夜汽車に乗って、田舎にけえります。んでも、けえる前にもう一度だけ、高円寺さんの歌が聞きたかったんだ。……そういうことです。なんが、恋の告白してるみたいで、こっぱずかすぃー。ハハハ……。

しずく　……高円寺さん。

高円寺　（感動している）あ、ありがとう、えーと。

ゆうこ　渡辺ゆうこです。

高円寺　ゆうこさん、本当にありがとう。僕は今猛烈に感動しています。

ゆうこ　あんで、高円寺さんが感動するんだ？

高円寺　だって、だって……（泣いてしまう）。

ゆうこ　あらら、どうしたんだ？　私、なにかひでえこと言いましたか？

しずく　嬉しいんですよ、高円寺さん。

ゆうこ　嬉しい？

しずく　そう、高円寺さんの歌にゆうこさんが共感してくれて。ね、高円寺さん。

高円寺　うん、うん（号泣）。
しずく　さぁ、高円寺さん、最後に一曲歌わないと。
ゆうこ　ぜひお願いします。
高円寺　……そうだね。僕にできるのはそれだけだ（ギターを手にする）。
ゆうこ　わー、やったー。
しずく　よかったですね！
高円寺　なにがいいだろう？　やっぱり結婚するんだから、はしだのりひこの〝花嫁〟かな？〝はーなーよめはー〟ってやつ。
しずく　なに言ってるんですか？　ゆうこさんは、高円寺さんの歌を聞きにきたんですよ。
高円寺　いや、でも……。
ゆうこ　んだ、私、あれが聞きてえ。〝ヒゲの濃さは愛情の濃さ〟。
高円寺　それでいいの？
ゆうこ　私、その歌大好き。
高円寺　いや、しかし……この場にまったくふさわしくないと思うんだけど。
しずく　高円寺さん！
ゆうこ　お願いします！
高円寺　……わかった。

二人盛大に拍手。
高円寺、心持ち緊張した面持ちで演奏を始める。

♪〃ヒゲの濃さは愛情の濃さ〃

僕は君が好きだから　今日もヒゲを伸ばすのさ
だってヒゲの濃さが　愛情の濃さだから
そして今日もむさくるしいよ
僕はヒゲが濃い　そして君に恋

プラタナスの木の下で　今日も君を待ち伏せるのさ
だって君はいつも僕を無視するから
そして今日もまたむなしいよ
僕はヒゲが濃い　そして君に恋

僕は顔も濃い　そしてどんと来い
洋食は味が濃い　魚は錦鯉
力士はどすこい　そろそろしつこい
僕はヒゲが濃い　最後の初恋

嫁ぐ女に捧げるには、あまりにもふさわしくないが
高円寺の熱い歌に、二人激しく感動する。そしてまた大拍手。

ゆうこ　本当にありがとうございました。

高円寺　こちらこそ、僕の歌を愛してくれてありがとう。
ゆうこ　私、高円寺さんのこと、一生忘れません。
高円寺　僕も。僕のファン第一号だからね。

二人握手する。

ゆうこ　……てば、名残りおしいですけど、行きます。
高円寺　元気で。
しずく　お幸せに。
ゆうこ　ありがとうごぜえました。……てば！
高円寺　さよなら！

ゆうこ出て行く。
高円寺、どこか淋しげである。

しずく　よかったですね、高円寺さん。高円寺さんの歌は、彼女を救ったんです。
高円寺　……そうだね、うんうん。
しずく　改めて聞いてみると、案外いい歌かもしれません。
高円寺　そう？
しずく　はい。
高円寺　でも……。

しずく　なんですか？
高円寺　ライブの客がまた紀代彦だけになってしまった。
しずく　……あちゃー。

音楽。暗転。

⑤ 一〇周年パーティー

あかりが入ると、すでにパーティーは盛り上がっている状態。
参加メンバーは、マスター、さゆり、しずく、高円寺、紀代彦、雄太郎、五反田、そして大森の計八人。
以下の会話は、それぞれのテーブルで、ほぼ同時に行われる。
要は、非常に騒がしい状態であるわけだ。

〈グループ1〉しずく、さゆり、マスター

さゆり　（かなり酔っている）だからさー、最後のコンサートが北海道だったんだけどね、そこであきらさまが感極まって泣いちゃったわけよ。わかる?

しずく　（少々ウンザリ）はいはい、それは何度も聞きました。

さゆり　なにその口の聞き方?　もう聞きたくないわけ?

しずく　そういうわけじゃないですけど。

さゆり　それでね……アンコールはみんなで〝空に太陽がある限り〟を大合唱したの。あれはすごかったわね。観客もあきらさまと一緒に泣いてたもの。私なんかボロボロよ。人生であんなに泣いたのは初めてかもね。あー、私の青春はあきらさまとともにあるのねって、そんな感じだった。あー、あの感動をもう一度味わいたい。〝愛してるー〟さぁ、しずくちゃんも一緒に！〝愛してるー〟はい。

しずく　えー。
さゆり　えーじゃない！　〝愛してるー〟。
しずく　（渋々）　〝愛してるー〟。
さゆり　〝どーてーもー〟。
しずく　〝どーてーもー〟。

さゆりの先導で、しずくやマスターも歌わされる。

さゆり　（高円寺に）おい！　そこのへボミュージシャンも歌いなさい！
高円寺　……まいったなぁ。

〈グループ2〉紀代彦と大森
紀代彦　まったくあの監督の野郎、芸術ってものがわかってない。
大森　それはともかく撮影現場はどうだったんですか？
紀代彦　あーん？　実にくだらない空間だったね。
大森　……や、やっぱり女優さんは、みなさん裸だったんですか？
紀代彦　ああいうのを、一糸まとわずって言うんだろうなぁ。
大森　うわーっ、やっぱりやればよかったかな。それでどうだったんですか？
紀代彦　なにが？
大森　なにがって、その……女優さんとからんだわけですよね？
紀代彦　いいや。

大森　え？　だって……。
紀代彦　俺様は肉体の交わりのないエロスを表現しようと思ったんだ。肌と肌の触れ合うことのない男と女の性交をね。
大森　はぁ？
紀代彦　ところが、あのぼんくら監督、俺様の意見を取り入れようともしなかった。
大森　そんなの当たり前じゃないですか！
紀代彦　ただ、男と女がまぐわうだけの映像が、芸術と言えるのか。それじゃ、そこらへんで流れてるくだらない映画とまるっきり同じじゃないか。ポルノとなんら変わらない。
大森　だからポルノ映画なんですって、それも。
紀代彦　なに？
大森　にっかつのロマンポルノなんですって。
紀代彦　え？　そうなの？
大森　いったいなに聞いてたんですか？
紀代彦　……ポルノだったのか。
大森　ダメだ、この人。

五反田は、一人でなにやらブツブツ言いながら、ひたすらボーリングのフォームを研究している。
雄太郎は、すみっこで静かに座っている。

高円寺　えー、それではみなさん！

騒ぎはおさまらない。

高円寺　みなさーん、ご静粛に。

おさまらない。

高円寺　ちょっとみんな……こらーっ！

やっとおさまる。

高円寺　ゴホン、失礼しました。えー、今日はこの喫茶クレヨンの一〇周年パーティーにお忙しい中……。

さゆり　忙しい人なんかいないよーだ、ねっ。

全員　ピース。

高円寺　……えー、それでは、ありあまる時間の中、お集りいただきありがとうございました。えっと、残念ながら、悦子さんと三知夫くんが今日は来ていませんが、こうやって大勢の仲間が集まったのも、ひとえにマスターの人望によるところが大きいのではないでしょうか？

さゆり　異議なし！

全員　異議なし！

みんな拍手。

初男　お前ら、たんにツケがきくからだろ。
高円寺　まぁ、そういう理由もなきにしもあらずですが。それでですね、宴もたけなわでありますが、ここらでひとつみなさんに、〝喫茶クレヨンと私〟というテーマで、それぞれ発言していただこうと提案したいのですが、いかがなものでしょうか？

一瞬静かになる。

高円寺　あれ？　……ダメかな？
しずく　異議なし！

みんな、しずくを見る。

しずく　すいません、言ってみたかったんです。
高円寺　ご賛同ありがとうございます。えー、他のみなさんはどうでしょうか？
五反田　……まぁ、いいんじゃねーか。
大森　そうですね、面白いかもしれない。
さゆり　異議なし！
初男　お前はなんでも異議なしだな。
さゆり　ピース（椅子から転げ落ちそうになる）。
しずく　あーぁ、もう大丈夫ですか？
高円寺　えー、それでは賛成過半数を超えましたので、みなさんに発言していただこうと思います。

では、まずはじめに言いだしっぺの僕から……桜並木が……。

紀代彦　俺様が、最初にこの店に来たのは、三年前のうら寒い晩秋の夕暮れのことだった。その頃俺様は、貧窮した生活と、日本演劇にたいする絶望感に打ちひしがれて、ただただ無目的に街をさまよっていた。そんな時に、ここに出会ったわけだな。無神経な中年男と、苦いだけのコーヒー、そして荒唐無稽な人間どもがおりなす人間模様は（みんな〝おいおい〟とか突っ込む）この東京砂漠で生きていく俺様の心を心地よく癒してくれた。そしていつのまにかこの場所は、俺様にとって必要不可欠になっていったのである。まさにオアシスと呼んでさしつかえないであろう！

初男　おっ、けっこういいこと言うじゃないか。

さゆり　いいぞ、いいぞ！

みんな拍手。

紀代彦　そういうわけで、今度氷川神社の裏で芝居やります！（ポケットからチラシを取り出す）

みんな雑談をはじめる。

紀代彦　おい、こら、ちょっと！　なんだ、お前らー！

高円寺　はいはい、そこまで！　最終的には芝居の宣伝になってしまう紀代彦でした。えー、続きまして僕が……。

さゆり　私がこの店で働くようになってから早二年！　その間、あきらさまのコンサートでいったい何回休んだことでしょう。こんなに便利なアルバイト先は、他にありません！

初男　認めた覚えはないよ。
さゆり　マスター、ふつつかものですが、これからも私のことをよろしくおねが……。
高円寺　どうした?
さゆり　……気持ち悪い。
高円寺　なんだって!
さゆり　なんか出る、全部出る!
高円寺　あー、ここじゃダメダメ、トイレ行って、トイレ!　あっち!

みんな大あわてで、さゆりをトイレに送りこむ。

高円寺　ハ、ハ、ハハハ。えー、大変失礼いたしました。みなさんも飲み過ぎにはご注意を。それでは、お口なおしに僕の歌でも……。
大森　僕にとって、この店は縁起の悪い場所としか言いようがありません。なぜなら、この店に連れてきた女の子と一度もうまくいったためしがないからです。
初男　店のせいにしちゃうかな?
大森　だって、僕がどうして女の子にフラれなくてはならないのでしょうか?　なぜ世の女性たちは、僕の魅力に気づかないのでしょうか?　こう見えても貯金はたくさんあるんだ!　（紀代彦に）君は貯金はあるのか!
紀代彦　あったらとっくにツケ払ってるさ。
大森　（高円寺に）君は?
高円寺　愛情という貯金ならたくさんさんね。

大森　くだらん、実にくだらん！　とにかく、こうなったら、僕に恋人ができるまで、ここで彼女と愛を語り合う日が来るまで、意地でも通い続けたいと思います。そういうわけで、今後ともよろしく。

みんなとりあえず拍手。

高円寺　……えー、大森くんの新たなる決意表明でありました。彼の今後の健闘を祈りましょう。それでは、いよいよ僕の方から……。
五反田　俺は、正直なところ、コーヒーさえ飲めれば、場所なんてどこでもいいと思ってる。でもなぜだか、ここに足を運んでしまうんだな。自分でもよくわからん。それはマスターの魅力かもしれないし、お前らと一緒に過ごす時間が楽しいからかもしれない。まぁ、時にはムカつく時もあるけどね。いずれにせよ、俺はこれからもこの店に来ることになるだろう。マスター、これからも身体に気をつけて頑張ってください。
初男　ありがとう。めざせ、パーフェクト！

五反田、華麗（？）なフォーム。
みんな拍手。

高円寺　（ふてくされている）はいはい、えーっと、それでは僕はいちばん最後ってことで……雄太郎くん。
雄太郎　え？

高円寺　雄太郎くん、とっとと喋れ。
雄太郎　（立ち上がって）……えー、僕は……。
紀代彦　どうした？
雄太郎　僕は……。

そこへ三知夫が入ってくる。
三知夫は頭や腕に包帯を巻いている。

三知夫　よう！　みなさんお揃いで！
しずく　三知夫さん！
三知夫　いやー、いろいろご心配をおかけしましたが、落合三知夫、多少のケガはありますが、無事に生還してまいりました！
初男　大丈夫なのか？
しずく　いったいどこに行ってたんですか？　みんな心配してたんですから！
三知夫　申し訳ない。でも、まぁこうやってまたみんなの前に現れたんだから、それでよしとしようじゃないか。な、うん。
しずく　まったくもう。ケガ大丈夫なんですか？
三知夫　あぁ、こんなのカスリ傷さ。
しずく　（三知夫の包帯を触る）ほんとですか？
三知夫　いてて、いてて、いてーよ！
しずく　す、すいません。

三知夫　……ハハハ、冗談、冗談。こんなの痛くも痒くもありません！　ほら、腕だって（元気に振ってみせるが、痛そうである）。
しずく　めちゃめちゃ痛そうじゃないですか。
三知夫　なんもなんも。こんなことでへこたれる落合三知夫ではありません。ところで、我が麗しのさゆり嬢は？
紀代彦　便所で吐いてる。
三知夫　なんだって！　つわりか！　そんな覚えはないぞ。
初男　酔っ払ってるだけだよ。
三知夫　酔っ払ってる？
高円寺　あいかわらずバカだなー。
三知夫　そっかー、酔ってるのか。いやー、早合点早合点。ハハハ。どれ、それでは、この俺が愛しい彼女を介抱してあげようではないか。
雄太郎　三知夫！

三知夫、振り向く。雄太郎の存在を認める。

三知夫　……やぁ、ずいぶん心配かけたみたいだな。
雄太郎　ケリはついたのか？
三知夫　ケリ？　……あぁ、まぁな。心配には及ばんよ。
雄太郎　どうするつもりなんだ？
三知夫　あ？

雄太郎　だから、これからどうするんだと聞いてるんだ。
三知夫　お前には関係ない。
雄太郎　そんなことはない。
三知夫　……なにも変わらないよ。
雄太郎　なに？
三知夫　だからなにも変わらない。
雄太郎　その傷はどうしたんだ。組織内で窮地に立たされてるんじゃないのか？
三知夫　これくらいの傷は日常茶飯事のことだ。お前も知ってるだろう。ちょっと俺がドジを踏んでしまってね、それで軽く総括されただけのことだ。
雄太郎　……これからも続けていくつもりなのか？
三知夫　俺はやめないよ。
雄太郎　なぜだ？　君だって、運動がもう終息にむかっていることは理解しているはずだろう。どうして、そこまで運動に固執する理由があるんだ。もともと君には、そんなに強い闘争理念はなかったはずだ。
三知夫　運動はこれからが本格化していくんだ。今までは革命の黎明期に過ぎん。それに、もう昔の俺じゃないんだ。いつまでもガキ扱いしてもらっては困る。
雄太郎　君には、そういうことは似合わない。やめるなら今しかないんだ。
三知夫　中途で自分の信念を曲げてしまった男に、とやかく言われるすじあいはない。
雄太郎　そんなことはない。僕には君に意見する権利がある。
三知夫　権利だと！
初男　いいかげんにしろ！

三知夫　聞いて呆れるね。……そうだ、噂に聞いたんだが、お前は最近、授業のあと、キャバレーでボーイをしているそうじゃないか。
雄太郎　あぁ。
三知夫　なぜそんなことをする必要がある？
雄太郎　授業料を滞納していてね。このままじゃ卒業できなくなる。
三知夫　卒業だと？　あんな無意味な大学をそこまでして卒業したいのかね。かつては、多くの同志たちを先導して闘っていた男がそんな言葉を吐くとは。すっかり堕落してしまったな。
雄太郎　堕落じゃない。進歩だ。
三知夫　進歩？　革命運動を自己放棄して、キャバレーのボーイという最下層労働に従事することが進歩と言うのかね。
雄太郎　僕はいろいろと紆余曲折してきたけれど、結果的にある結論に達したんだ。それが、今の僕の信条であり、生活理念だ。
三知夫　ほう、面白い。では聞かせてもらおうじゃないか。君の信条かつ生活理念をね。
雄太郎　……人間は理想がなくても生きていける。
三知夫　……なに？
雄太郎　理想なんて誰も欲しちゃいないんだ。
三知夫　それがお前の出した結論なのか？
雄太郎　君も一度、歓楽街で働いてみるがいい。そこにあるのは、金や女に群がる欲望に蝕まれた人間たちや、快楽を享受することのみに人生の楽しみを見出す輩たちだけだ。人間は、ただそうやって時間に身を委ねて生きていくだけの生物なんだ。でも、それでいいんだよ。それが人間の真の姿なんだ。

三知夫　それは違う。絶対に違うぞ。人間が人間たる所以《ゆえん》は、他の獣と違うのは、自らの意志で自分の理想を追及し、システム化されたこの世界を少しでも変えていこうという、そのエネルギーの発露によってのみ、生きていく意義を見出していく生き物なんだ。ただ自分の欲望の赴くままに、ひたすら安寧《あんねい》と生きていく人生にいったいなんの意味があるんだ。だいいち、君はそんな腐敗した社会の枠組みの中で、無価値な歯車のひとつとして生きていくことに、なんら絶望を感じたりはしないのかね！

五反田　おいおいおいおいおい、そこのお兄さんよ！　さっきからわけのわからん言葉並べたてやがって。難しい言葉使えばいいってもんじゃねぇよ。

三知夫　おやおや、ボーリングおじさんの反逆ですか。

五反田　俺は、雄太郎のこともお前のことも別に嫌いじゃねぇ。人間的に面白い奴らだからな。しかし、お前たちがやってることは、全然理解できねぇんだよ。

雄太郎　五反田さん、これは僕と三知夫の問題ですから。

五反田　どうせ俺は中卒だからよ、社会がどうのこうの、革命がどうのこうの、そんな難しいことはわからねぇ。でもな、少なくとも俺は、自分の食扶持《くいぶち》は自分で稼いで、自分のやりたいことをやってんだよ。どうせお前は、親の金で好き勝手に暴れてるだけなんだろ。そんな奴がなに意気がってゴタク並べてるんだよ！

三知夫　俺は、五反田さんのことは好きだけど、だけどあなたと口角泡を飛ばして低次元なことを論じあいたくはないです。そんなことは不毛きわまりない！

五反田　……なんか腹立ってきた。だからその、こうかくなんたらってのはなんなんだよ！　わけわからねぇって言ってんだよ。……しょうがねーな、口で言ってわからん奴には、身体でわからせるしかないみたいだな。

三知夫　おやおや、暴力に訴えるわけですか。別に僕は構いませんよ。面白い。肉体労働者と革命戦士のどちらが肉体的に優れているか、はっきりさせようじゃないですか。
五反田　ふざけやがって、この野郎。ダテに自動車部品作ってるわけじゃねぇんだ。
大森　ちょっと二人とも落ち着いてくださいよ。
雄太郎　五反田さん、やめといた方がいいです。
五反田　なーに、こんなもやし野郎、小指一本あれば大丈夫だよ。
雄太郎　三知夫は空手の達人なんです。
五反田　だからそれがなんだってんだ。……へ？
雄太郎　だから、空手。
五反田　空手？
雄太郎　はい。三段です。
五反田　空手って、あの空手？
雄太郎　えぇ。
五反田　……。
三知夫　さぁ、どうします？
五反田　（しばらく思案するが、大森に）……まずお前が行け。
大森　なんで僕なんですか！
五反田　小手調べだ。
大森　そんな勘弁してくださいよ！
五反田　紀代彦！
紀代彦　台本はあるのか？

五反田　え？
紀代彦　俺様が勝てるような台本はあるのかと聞いている。
五反田　そんなものあるわけないだろ！
紀代彦　じゃぁ、嫌だ。
五反田　高円寺！
高円寺　〝花びらーの白い色はー〟（歌ってごまかす）
五反田　どいつもこいつも……。
三知夫　ハハハ、孤立無援ですね。
五反田　ちくしょう……俺が、それくらいのことで怖じけづくとでも思ってるのか！
高円寺　めちゃめちゃ声が裏返ってるじゃないですか！
五反田　さぁ、来い！（なぜかボーリングのポーズを取る）
大森　なんなんですか、そのポーズは？
五反田　ファイティングポーズだ。
紀代彦　ダメだ、こりゃ。
雄太郎　待ってください。
五反田　あぁん？
雄太郎　僕が相手します。
五反田　お前が？
雄太郎　これは僕と三知夫の間で、決着をつけなければいけないことなんです。だから僕が。
五反田　しかし、喧嘩を売ったのは俺だぜ。
雄太郎　三知夫、それでいいな。

三知夫　俺はどちらでもかまわんよ。しかし理論武装しかしたことのないお前にできるのかね？
雄太郎　僕だって、やる時はやるんだ。（五反田に）お願いします。
五反田　そうか……。本当は俺がやっつけたかったんだけど、雄太郎、お前に任せる。
高円寺　めちゃめちゃホッとしてるじゃないですか！
初男　ちょっとお前たち、店の中で暴れられたんじゃたまったもんじゃないよ。表でやりな、表で。
しずく　マスター、止めなくていいんですか？
初男　今さら、これで収まりがつくわけないだろう。どうだ、私が見届けてあげるから、表で堂々と戦いなさい。
雄太郎　わかりました。
三知夫　望むところだ。

二人、表に出ていく。

しずく　ほんとにいいんですか？　暴力はいけないと思います。
初男　大丈夫、私に任せておきなさい。

初男も出ていく。

しずく　（みんなに）大丈夫なんですか？
高円寺　そんなに心配しなくていいよ。よくあることといえばよくあることなんだから。
しずく　そうなんですか？

大森　あぁいう人たちは喧嘩馴れしてるから。さて、そろそろ片付けますか。
高円寺　そうですね。
しずく　……私、見てきます。
高円寺　やめといた方がいいよ。
しずく　でも……。

しずく、おそるおそる入口から顔を出して外をうかがう。
高円寺と大森は片付けをはじめる。

紀代彦　(五反田に) 殴られなくてよかったな。
五反田　うん、ほんとはすっごく怖かった……。
紀代彦　よしよし。

さゆりがトイレから出て来る。

大森　さゆりちゃん、大丈夫?
さゆり　まいったなぁ、しばらく気失ってたよ。お水もらえる?
大森　了解。
さゆり　あー、あったま痛い。私、そんなに飲んだかな?
高円寺　飲み過ぎです。
しずく　キャー!

さゆり　ちょっと、大きな声出さないでよ！
しずく　うわ、うわ、あれー！
さゆり　なになに、どうしたの？
大森　雄太郎くんと三知夫くんがね。
さゆり　え？
しずく　あちゃ、それはダメでしょう！
高円寺　青春の殴りあいってやつだよ。
さゆり　雄太郎さんと三知夫さんが？　あれ、あのバカ、いつのまに来てたの？
高円寺　君がトイレで悪戦苦闘してる間にね。
さゆり　そうなんだ。……面白そうじゃない！（入口にかけよる）
しずく　ああっ、そんな、でんぐりがえってる！
さゆり　やってる、やってる！　いいぞ、やれやれ！　そこ右！
しずく　さゆりさん、そんな無責任な。あー、雄太郎さんが逆さに！
高円寺　そんなすごいことになってんの？
さゆり　おりゃおりゃおりゃ！
しずく　右手が左手に、左足が右足に……。
大森　どうなってんだよ！
五反田　……俺、三知夫に一〇〇円。
紀代彦　じゃぁ、大穴で雄太郎に一〇〇円。
大森　なに言ってんですか！

みんな入口にかけよる。
みんな、それぞれ大声を張り上げて二人を応援する。
紀代彦は〝あしたのジョー〟の歌を歌っている。

高円寺　あっ、終わったみたいだ。

みんな、そしらぬ振りをして、元の場所に戻る。
初男を先頭に、三知夫、雄太郎が入ってくる。
三知夫はまったくの無傷、雄太郎は口から血を流し、洋服もボロボロである。

高円寺　これはひどい……。
大森　一方的だな。
初男　二人ともお疲れさん。さゆり、タオルと水。
しずく　私が。
初男　……気がすんだかい？
雄太郎　（肩で息をしている）
三知夫　……俺の負けだ。
高円寺　えー！
五反田　どう見てもボロ勝ちじゃないの？
三知夫　……なぜ殴りかえさない？
雄太郎　……。

三知夫　（雄太郎の胸ぐらをつかんで）なんで無抵抗なんだよ。どうして殴られ続けるんだよ！
雄太郎　……。
三知夫　なんとか言えよ、この野郎！
雄太郎　……責任がある。
三知夫　なに？
雄太郎　僕には責任がある。
三知夫　責任ってなんだよ。
雄太郎　君を運動に引き込んだのは僕だ。僕には君の人生を捩じ曲げてしまった責任があるんだ。
三知夫　それで殴られたというのか。
雄太郎　この程度で君にたいして償えるとは思っていない。僕は、君がもとの君に戻ってくれるまで殴られ続ける覚悟だ。
三知夫　……。
しずく　雄太郎さん……。
三知夫　なんでそこまでするんだ。
雄太郎　……。
三知夫　なんで俺みたいな男にそこまでするんだって聞いてるんだ！
雄太郎　責任があると言っただろ。
三知夫　お前に責任なんてない。俺が一人でやったことだ。
雄太郎　それに君は友人だ。
三知夫　……え？
雄太郎　僕の大切な友達なんだ！

三知夫　……。
雄太郎　だから、だから……。

間。

三知夫　……ちくしょう、かっこ悪いじゃねーか。かっこ悪いじゃねーか、バカ野郎！　……俺のことなんか放っておいてくれよ！
雄太郎　三知夫……。
三知夫　かっこわりーよ、かっこわるすぎるよ！
初男　（笑って）仲間の前で、かっこつけてどうすんだ、バーカ。
高円寺　かっこ悪くなんかないよ。ね、五反田さん。
五反田　あぁ、お前たち、いい友達だよ。
大森　感動しました。
紀代彦　いつか芝居にするよ。
さゆり　（三知夫に近づき）……かっこいいよ、三知夫さん。

しずく、雄太郎に近づきタオルを渡す。

しずく　私、この時代に来て、この店に来て、そしてみなさんに出会えて本当によかったと思います。私、いろいろと悩んでいたことがあるんです。私みたいな古くさくて、なんの取り柄もない女が二一世紀に生きていくことができるんだろうかって、いつも不安でした。でも、ここに来て、みなさんと出会って少しだけ安心したんです。いつの時代でも若い人たちが悩むことは、同じなんですよね。将来のこと、恋愛のこと、自分の可能性のこと……みんなそうやって悩みながら生きていくんだなって。そんなことに時代は関係ないんだって。おかしな言い方ですけど、みなさんの悩んでる姿を見て、私は逆に勇気づけられたんです。……でも、私の時代とこの時代では、少しだけ違うこともありました。それは、この時代は二〇〇四年よりも、少しだけ人に優しくて、少しだけ自分に厳しくて、少しだけ生きることに真剣だということ。だから私は、そんなこの時代が、一九七一年がとても好きだし、ここで感じた空気を二〇〇四年にも持ち帰りたいなって、そんなふうに思うんです。

初男　……ありがとう、しずくちゃん。

間。

五反田　よし、歌うぞ！
大森　は？
さゆり　いきなりなんなの？
五反田　こういう時はみんなで歌うのが一番だ。
大森　歌声喫茶じゃないんですよ。
五反田　ガタガタ言うんじゃねぇよ。みんなで大声で歌ってよ、今日という日を最高の思い出にしようじゃないか。なっ。
大森　でも……。
高円寺　……いいじゃないですか。歌は人の心を豊かにします。五反田さんにしてはいい提案ですよ。

五反田　よし、高円寺、お前伴奏しろ。
高円寺　お任せください！
大森　（紀代彦に）どうします？
紀代彦　俺様の台本にはこんな展開はない。
初男　いいんじゃないか。歌おうよ。
さゆり　……そうですね、歌いましょう！　高円寺さん、あきらさまの曲。
五反田　バカ野郎、そんな歌はダメだ！
さゆり　なんでよ！
高円寺　それでは、僕のナンバーから。
五反田　お前のはもっとダメだ！
高円寺　きびしー。
五反田　あれだ、あれ、ほら、今、売れてるじゃねぇか、元フォークルのやつが歌ってる……なんだっけか。
高円寺　なんですか？
大森　〝あの素晴らしい愛をもう一度〟ですか？
五反田　おー、それそれ。高円寺、弾けるか？
高円寺　……たぶん。
五反田　よし、じゃあ頼む。
高円寺　……僕の歌がよかったのになぁ。
五反田　しずくちゃん、この歌を胸に刻み込んでおいてくれよな。おい、雄太郎と三知夫も歌うんだぞ！　……では、俺についてきてください！

高円寺、伴奏を始める。

五反田　はい、〝命かけてと－！〟

五反田が、みんなを先導して歌いはじめる。

今ひとつ盛り上がりに欠ける。

最初は、高円寺、初男、さゆりだけが歌うが、やがて、大森、紀代彦も歌いはじめる。

続いて、歌はよく知らないが、しずくも歌いだす。

次第にみんな異様な盛り上がりを見せはじめる。

やがて、三知夫と雄太郎も……。

そして〝あの素晴らしい愛をもういちど〟が流れる。

⑥ さらば、1971

あかりが入ると、宴のあと。
しずくが、一人で後片付けをしている。
そこへ、悦子が入ってくる。

しずく　あれ？　悦子さん！
悦子　……みんなは？
しずく　もう帰っちゃいましたよ。
悦子　マスターも？
しずく　マスターは、さゆりさんを送りに。さゆりさん、酔っ払っちゃって。
悦子　そう。
しずく　もう、どうして来てくれなかったんですか？　みんな集まったんですよ。
悦子　ごめんなさい。
しずく　体調がよくなかったんですか？
悦子　ううん、そういうわけじゃないけど。
しずく　だったら……。
悦子　みんなに別れを言うのが淋しくてね。

しずく　別れ？
悦子　このまま別れを告げずに行こうかとも思ったんだけど、やっぱりそれじゃいけないと思って……
　でもちょっと遅かったみたいだね。
しずく　どこか行っちゃうんですか？
悦子　以前から話はあったんだけど、今度、祖母の田舎で療養することになったの。
しずく　田舎で？
悦子　ええ、田舎の方が空気がキレイだし、そこには病院も近くにあるの。それでね。
しずく　そうなんですか。
悦子　東京にいても再就職のアテもないし、田舎でしばらくのんびりしようかなと思って。鶯谷先生
　にもフラれちゃったしね。
しずく　みんな淋しがりますよ。
悦子　そうね、心残りと言えば、この店の人たちと別れてしまうこと。だから、もう一度みんなの顔
　を見たら、決意がニブるんじゃないかと思って今日は参加しなかったの。でも、結局来ちゃった。
しずく　みんなに会っておいた方がいいんじゃないですか？
悦子　しずくさんに会えただけでじゅうぶん。それに一生会えないわけじゃないし。
しずく　田舎って、どちらなんですか？
悦子　香川県の高松市。
しずく　高松ですか……。
悦子　ちょっと遠いけどね。
しずく　知ってます。私のひいおばあちゃんも、高松に住んでた……。
悦子　へぇ、そうなんだ。

その時、しずくはある重大な事実に気づく。

しずく　……嘘でしょう？
悦子　どうかした？
しずく　……どうして今まで気づかなかったんだろう。
悦子　（不思議そうに）……しずくさんも元気でね。私、田舎に行くからには、絶対に元気になってまたここに戻ってくる。ここは私の青春だもの。その時、もししずくさんが、まだこの店に来てたら、一緒にいろいろ話をしましょう。
しずく　……そうですね。
悦子　それじゃ、あまりグズグズしてると悲しくなっちゃうから、行くね。
しずく　……悦子さん。
悦子　らしくないぞ。さぁ、元気出して。
しずく　……はい。
悦子　……ピース。
しずく　……。
悦子　……さよなら。
しずく　……さよなら。

悦子、去ろうとする。

悦子　……私、いつか結婚できて、子供を生むことができるのかなぁ？

しずく　え？
悦子　誰かの妻になり、誰かの母親になることができるのかなぁ。
しずく　……。
悦子　ささやかで平凡だけど、それが私の夢なの。
しずく　……。
悦子　私にとっては、それだけが生きる望みなの。
しずく　夢はかないます！
悦子　え？
しずく　かなうんです。
悦子　どうしてそんなことがわかるの？
しずく　あなたは、高松で何年か過ごしたあと、再び東京に戻ってきて、そして一人の男性と巡り合います。そしてその男性と熱烈な恋に落ちてやがて結婚、そして中々子供には恵まれませんが、三〇歳を過ぎてから、元気な女の子を生みます。
悦子　なんなの、それ？
しずく　これ本当です。本当なんです！
悦子　まるで見てきたようなこと言うわね。
しずく　忘れたんですか？　私は二〇〇四年からやってきたんですよ。なんでもお見通しなんです。
悦子　……。
しずく　私にはわかるんです。
悦子　……そうね、そうだったわね。そんな人生を迎えることができたら、どんなにか素敵なことでしょうね。

しずく　（ネックレスを外し）……これ。
悦子　なに？
しずく　これ、持っていってください。
悦子　なに言ってるの？　これは……。
しずく　いいんです。いつか……子供が生まれた時に、娘にあげてください。
悦子　……え？
しずく　そうしてほしいんです。

悦子、しずくを見つめる。
そしてすべてを理解する。

悦子　……わかった。そうする。
しずく　ありがとう。
悦子　こちらこそ……会いに来てくれてありがとう。
しずく　……。
悦子　あなたに会えるなんて、夢のようだわ。
しずく　そんな……。
悦子　本当にありがとう。
しずく　……。
悦子　さよなら！（去ろうとする）
しずく　待って！

悦子、立ち止まる。

しずく　やっぱり生んじゃダメ！
悦子　え？
しずく　だって、だって、生んだら……。
悦子　（決然と）生むわ。
しずく　でも……。
悦子　これは私の人生なの。
しずく　……。
悦子　（最高の笑顔で）……あなたに会えて、超嬉しかった！
しずく　……。
悦子　さよなら！

悦子、去る。
音楽高まり、あかりゆっくり落ちていく。
しずくのナレーション。

しずく　その日を最後に、喫茶クレヨンと、それに続く細い路地は私の前から姿を消した。そして、私の長い夏休みは終わりを告げたのです。

あかりが入ると、現代のマクドナルド。

しずくが座っている。
くるみが入ってくる。泣いている。

しずく　どうしたの？
くるみ　……私、やっぱりとおるのことが好きみたいなの。
しずく　はぁ？
くるみ　どうしても忘れることができないみたい。
しずく　だってさっきまで、さんざん嫌ってたじゃない。
くるみ　自分に嘘ついてたのよ！
しずく　嘘？
くるみ　そう。あんなジコチューな奴に振り回されるのは、もう嫌だと思って、自分からサヨナラしようと思ってたの。でもね、やっぱり大好きなの、ずっと一緒にいたいの。
しずく　彼のなにが問題なわけ？
くるみ　それ以上は聞かないで。
しずく　え？
くるみ　これは私ととおるの問題なの。だから親友でも、これ以上踏み込まないでほしいの！
しずく　……そう。
くるみ　うん、絶対しゃべんない！

音楽。

しずく　……くるみ。
くるみ　なによ。
しずく　私たち友達でしょう？　いったい何があったの？　私でよかったら聞かせてくれないかな？
くるみ　えー、でも……。
しずく　少しは気が楽になるかもしれないでしょう？
くるみ　……。
しずく　……ね。
くるみ　……聞いてくれるの？
しずく　もちろん。
くるみ　……しずく、どうしたの？
しずく　え？
くるみ　変わったね。
しずく　……ピース。
くるみ　話、長くなるよ。
しずく　いいよ。
くるみ　ほんとにいいの？
しずく　最後まで聞くよ。
くるみ　私ととおるはね……。

音楽高まる。
照明が少し変わると、登場人物たちが全員入ってくる。

みんな、それぞれ楽しそうに談笑している。
そこはマクドナルドのようでもあり、喫茶クレヨンのようでもあり、
二〇〇四年のようでもあり、一九七一年のようでもあり……。
あかり、だんだん落ちていく。

◎戯曲ノート『ノスタルジック・カフェ——1971・あの時君は』

これは、劇団BLUESTAXIの座長であり座付作家であり演出家であり、脇役専門役者でもある青田ひできが、『ノスタルジック・カフェ——1971・あの時君は』を〝書き始めるまで〟の、崇高かつ壮絶な過程を綴った記録である。そこには、彼の作品作りにたいする純粋さ、謙虚さが滲み出ており、読むものに一種の爽やかさと憧憬を与えるものだと言える。

「ただの怠け者の日記じゃないか」と思う人もいるかもしれないが、それはきっと大切ななにかを読み落としている。たぶん。

3月15日

……やっちまった。またやっちまった。無駄な人生の消費、生産性皆無の時間、全身を貫く自己嫌悪。何度こういう一日を過ごしたことか。

昨夜の時点では、今日の予定は以下のようだった。

午前八時、起床

八時〜九時、朝食（朝マック）、新聞（日刊スポーツ）

九時〜正午、新作台本執筆
正午〜一三時、昼食（加ト吉の冷凍讃岐うどん）、『笑っていいとも』鑑賞
一三時〜一四時、休憩（猫の〝ことぶき〟とたわむれる）
一四時〜一八時、台本執筆
一八時以降は、夕食、ビデオ鑑賞など自由に過ごす。

完璧である。非の打ちどころがない。

執筆に七時間あてている。すごい。七時間だぜ。売れっ子作家みたいだ。

ちゃんと、猫とたわむれる時間を入れてるところが可愛いよね。

「台本書いてる時って、どうやって息抜きしてるの？」

「猫と遊ぶくらいかな」

「猫と？　可愛いいー」

「そうかな？」

間違いなく、行きつけのＢＡＲで、隣に居合わせた女性と交わされるであろう会話である。こういうのって素敵だよね。

しかし、しかしだ。今日の俺の一日はこんなふうに終わってしまったのだ。

午前八時、起床……のはずが、二度寝で、一〇時まで寝てしまう。

午前中は執筆のはずが……『こたえてちょーだい』を夢中で観てしまう（嫁姑特集）。その流れで

『笑っていいとも』『ごきげんよう』東海テレビ制作の昼ドラまで観てしまう。俺はフジテレビ大好きっ子か。

昼食後、ちょっと横になろうと思い、そのまま二時間寝てしまう。

エサを与えるのを忘れていて〝ことぶき〟の襲撃にあい、目を覚ます。暮れかかる夕日を眺めながら、しばし呆然。〝ことぶき〟にエサをあげる。〝ことぶき〟満腹。

なにげなくテレビをつけると、トレンディドラマの再放送をやっていて、それを最後まで観てしまう。「この頃って、まだ女優さん、眉毛太いんだー」って感心したり、「この役者さん、消えちゃったな、なにやってるんだろうな?」と心配したりする。

そろそろ書こうかと思いつつも、リモコンを持つ手がなにげなくNHKにしてみる。……やばい。大相撲中継だ。俺は、隠れ相撲ファンだ。しかもけっこうマニアだ。

ものすごく地味な関取ファンだったりする（琴龍とか）。「あいかわらず尾車親方の解説は明快だよなー」とか思いつつ最後まで観戦。琴龍黒星。

このあたりで、ようやく気づく。

執筆七時間の予定が、テレビ鑑賞五時間であることに。

ふと横を見る。〝ことぶき〟が、ゴロンと横になりつつ上目づかいで俺を見ている。

そして、その目は語っている。

「今日、僕より動いてないよ」

……煙草に火をつける。煙がやけに目にしみた。

やっちまった。またやっちまった。こんな日々をどれだけ過ごしたことだろう。

テーブルの上の携帯電話がピカピカ点滅している。メール受信の知らせだ。メールをチェックする。

劇団員の海野からだ。

「お疲れさまです。台本は進んでますか？」

俺は、即返事を送る。

「俺を信じろ（笑）」

俺自身がいちばん俺を信じていない。だからちょっと最後に（笑）を入れてみた。

再び海野からメール。

「ネタは決まってるんですか？」

またもや、即返事。

「実は決まってないかも（泣）」

最後に〝かも〟と入れたが、本当は決まっていない。（泣）でごまかしてみる。

「やっぱり（笑）」

海野からの（笑）返し。メールのやり取り終了。

……不毛だ。実に不毛だ。今日一日の自分に言い訳してみる。

「テレビを観て、ネタ探ししてました」

そう声に出して言ってみる。〝ことぶき〟が、耳をピンと立てて、そして上目づかいで俺を見た。

その目は語っていた。

「ネタ見つかってないよね」

3月16日

役者をやってる友人に誘われて、芝居を観に行く。友人が、以前舞台で共演した役者が出ているらしい。

「けっこう人気のある劇団みたいだから、観て損はないと思うよ」と友人が言う。

ここのところ家にひきこもりがちだったので、気分転換がてら観に行くことにする。

一〇〇人入るか入らないかくらいの小さな劇場。決してキレイとは言えないが、それなりに歴史もあって、いかにも〝小劇場〟という雰囲気を醸し出している。座席が硬いことをのぞけば、わりに好きな方の部類に入る劇場だ。

開演一五分くらい前に劇場に到着。観客席はまばら。

数えてみると、俺と友人を含め一五人。一五人？　今日は土曜日である。もっと混んでいい日である。これくらいの劇場なら、立ち見が出て「すいませーん、奥詰めてくださーい！」とスタッフが慌てたり、開演が一〇分以上おしちゃったりしちゃうべき日なのだ。しかしだ……開演までまだ一五分あるとはいえ、出足悪すぎないか？

「人気のある劇団なんだよね？」

「うん」

「誰が言ってたの？」

「ここの劇団の座長」

……嘘だよね。絶対嘘だよね。あるいは希望的観測だよね。しかし、嘘をついた座長を責めるべきではないだろう。こういった、罪のない嘘（罪あるか）は、チケットをさばくための、ひとつの営業手段でもあるのだ。

「うちさー、けっこう人気あるからさ、早めにチケット買っとかないと売り切れちゃうんだよね」

「うーん、どうしようかなぁ?」

「いやいやマジで。明日、チケットある保証ないからさ、買っとこうよ。え? 一枚? 二五〇〇円ね。あっ、五〇〇〇円で払うの? 今、おつりないからさ、いっそのこと二枚買おうよ。彼女のぶんもさ。ちょうどあと二枚残ってるから」

バッグの中に、大量のチケットを抱えたまま、平然と彼らは言ってのける。小劇団の役者たる者、これくらいあつかましくないと生きていけないのだ。いや、ほんと。

その後も、チラホラ客が入ってきたが、最終的に二三人。小さい劇場なので、それくらいでも、けっこう人がいるように見えたりするのだが、それでもやはり淋しすぎる。

制作頭抱えてるんだろうなー。役者も、幕裏からそーっと客席を覗いて「アチャー」と思っているに違いない。この公演に携わる人たちの、公演後のことを考えて暗澹たる気持ちになりつつ芝居は開演。

客の入りから判断して、かなり覚悟して観ていたのだが、出来は決して悪くないように思った。ホンもしっかりしているし、役者さんも、みなさん達者だ。演出もソツがない。全体を通して好感の持てる芝居だった。数少ない観客(人数が少ない時って、奇妙な連帯感が生まれちゃったりする)も、それぞれ満足していたようだった。だからこそ、もっとたくさんのお客さんに観てほしかった気がする。残念だ。明日の千秋楽が満員になることを祈る。

終演後、友人に飲みに誘われたが、丁寧にことわる。最後にこう一言つけ加えて。

「これから新作台本書かなきゃいけないから」

……かっこいいよね。売れっ子作家みたいだよね。仕事に一途な男って感じだよね。上演中、切っていた携帯の電源を入れる。新着メールが二件入っている。一件目のメールは、最近飲み屋で知りあった二五歳の女の子。

「今、友達三人と渋谷で飲んでます。よかったら来ませんか？」

三度読み返す。そして俺は返事を打つ。

「悪いけど……」

ふと夜空を見上げる。もっと正直に生きろ……星が囁きかける。さらに打つ。

「店の場所教えてくれる？」

二件目のメール。劇団員の海野から。

「お疲れさまです。ネタは浮かびましたか？」

シカト。

3月17日

いやー、昨日は楽しかったなー。おかげで二日酔いだよ。まいったなー。吐き気はするし、頭も痛い。今日こそは、机にむかおうと思ってたのに。くやしいなー。書きたかったなぁ。無理して書こうとしても、絶対いいもの書けないよなー。だいいち、二日酔いでホン書いちゃ失礼だろ。今日は仕方ない。あきらめよう。しょうがないよね。二日酔いなんだから。正当な理由だよね。いやー、二日酔いっていいねー。

3月18日

どうして猫って、こんなに可愛いいんだろう？　目も鼻も口も、ほんと愛らしいよなー。個人的には、〝ことぶき〟の耳が好きです。聞き耳をたてた時の、ピンと動く耳がたまらない。息を吹きかけたら、ブルブルってなるのもたまらない。あとは、やっぱり肉球だよね。こんな気持ちのいい場所ないよなー。人差指の先を肉球に当てるとギュッと握ってくれるのがたまらない。いやー、猫ってほんと可愛いいです。

……現実逃避な一日。

3月19月

これイケるんじゃない？　なんか感じるぞ。なんか浮かびそうだぞ。

またテレビの話になってしまうのだが……チャンネルはＮＨＫ。とくに理由があったわけではない。俺にとって、ＮＨＫというのは、民放の番組と番組の間に流れるＣＭの時に〝繋ぎ〟として観ることが多い（大相撲中継は別だ）。今日もそうだった。リモコンの1を押す。なにやら、古そうな映像が流れている。新聞のテレビ欄を見る。どうやら、七〇年代に撮られたドキュメンタリーらしい。

画面には一人の長髪の青年が映っている。カメラにむかって、前髪をかったるそうにかきあげながら、かったるそうに喋っている。ボソボソと、四字熟語を連発しながら、自分の心情を切々と語り続けている。正直、なにが言いたいのかわからない。でも、彼が、自分なりに自分の人生を模索しているんだろうなぁという感じは伝わる。

画面が変わると、当時の東京の風景が、この頃特有の無感情で無機質なナレーションとともに流れる。街頭のデモ行進（何をやってるんだろう？）、ミニスカートで颯爽と歩く女性たち（母ちゃんも履いてたのかな？）、ディスコらしき場所で踊り狂う若者たち、長髪にベルボトム、下駄という竹中直人さんが、昔コントでやってたような格好の人たち、突如、火炎瓶を投げつける若者たちを映した衝撃的な映像。

他にも様々な映像が流れる。どうやら、最初に出てきた若者が、東京という大都会の中で、自分の居場所を探し歩く……そんなテーマに沿って撮られた作品のようだ。

……結論から言うと、文句なしに面白かった。見るもの、映るものすべてが新鮮だった。建物、車、ファッション、看板の文字など、すべてが強いインパクトで、俺の全身になにかを強く訴えかけてくる。中でも最も興味をひいたのが、その時代に蠢く人間たちだった。メインの若者のキャラクターもかなり気に入ってしまった。簡単なことを、いとも難しそうに表現しようとする喋り方（ときおり意味なく笑うところもいい）、何度も何度もかきあげる前髪（切ればいいのに）、俗に言う〝濃いキャラ〟である（のちに、それは大きな間違いであることに気づく。当時はこれが普通だったのだ）。

たかだか三〇年ちょっと前の日本が、そして日本人が、俺にはまるで異国の、いや異次元の世界に見えてしまったのだ。そしてあることに気づく。俺は一九六八年生まれであり、したがって、一九七〇年代に俺自身は存在していたことになる。にもかかわらず、俺は七〇年代というものを、なにひとつわかっちゃいないということに。この奇異な映像と同じ時間を生きていたのにもかかわらずだ。

これは、勉強してみる価値がありそうだ。もしかしたら、そこに新作台本のネタに繋がるなにかがあるかもしれない。

俺は密かにほくそ笑む。霧がかかった視界が一気に開けてきたような気分だ。

それと同時にあることを思い出す。先週の劇団の集まりの時に、劇団員に「次はＳＦを書くつもりだ」と言ったことを。

……まあ、いいじゃないか。元来、もの書きというのは別名〝嘘つき〟なのだから。

携帯をチェック。今日も海野から。

「お疲れさまです。ネタは浮かんだんだろうな」

やや乱暴な文体になってたのが気になるが、冷静に返事を返す。

「僕を信じてください」

丁寧な文体で返してみた。

３月20日

いやー、本屋って楽しいよな。朝から本屋の梯子だよ。活字中毒の俺にとっては至福の時だね。予算の関係もあって、今日は七冊のみ購入。一万円超えちゃったよ。どうすんだよ、生活費……と思いつつ帰宅（ちょっと足取り重いぜ）。

机の上に、購入した本を積み上げる。

購入した本は……ズバリ『７０年代大百科』という七〇年代の世相、風俗などが網羅されたもの、七〇年代に書かれた七〇年代を舞台にした小説二冊、七〇年代演劇について書かれたもの、学生運動について書かれたもの二冊、そして『厳選・日本の名湯１００選』。……なんかひとつ違うよね。間違ってるよね。関係ないよね。でも、公演が終わったあとに役立ちそうだよね。行きたいよね。のんびりしたいよね。

そんなわけで、早速読書にとりかかる。なにから読むべきか。悩む。流れからすると、俺って『厳選・日本の名湯100選』から読みそうでしょ？さすがに俺もそこまでは馬鹿じゃないぜ。

この日は、膝の上に乗った〝ことぶき〟（推定六キロ）のせいで、下半身の感覚がなくなりながらも、深夜まで読書に没頭する俺なのであった。

就寝直前、海野からメール。もはや嫌がらせである。

「お疲れさまです。なんならネタあるけど」

そう来たか。俺を見限ったか。怒りを押さえつつ返信。

「草津まで片道いくらかかるか知ってる？」

3月21日〜24日
ひたすら読書。七〇年代……文句なしに面白い。

3月25日〜26日
とあるフィルムセンターで、六〇年代後期から、七〇年代前半の世相を記録したドキュメンタリー映画が特集上映されていることを〝ぴあ〟で知る。当然、通いつめる。
朝から晩まで、ひたすらモノクロで映し出される映像を食い入るように観る。
その数々の映像もとても興味深かったが、それを平日の昼間から観に来ていた老若男女たちも、相当に興味深かった。ものすごく話しかけたくなるキャラが何人かいたが、その度胸もなく、誰とも喋らない日々が続く。
もはや脅迫のような海野からのメールだけが、俺の心を潤してくれる。
ずいぶん返事を返していないが。

3月27日

もはや、次回作で七〇年代を舞台にすることは俺の中で決定的となった。それほどまでに七〇年代というのは、魅力に満ちあふれていたのだ。そして、これは自分でも驚きだったのだが、七〇年代のことを知れば知るほど、俺にとってそれはある種の〝なつかしさ〟を感じさせるものでもあったのだ。七〇年代に関するひとつひとつの事象が、外からの知識として体内にインプットされると、それと同時に、その知識が俺の体内で咀嚼され、既知の事実として再び全身に甦ってくるのである。紛れもなく俺は七〇年代を生きていたのだ。俺が七〇年代を生きていたのは二歳から一一歳までである。まだ、鼻水たらして四国の田舎を走り回っていた頃である（ポコペンが好きだったなー）。それでもなお、やはり身体は無意識のうちに七〇年代の空気を感じとっていたのだ。自分の生きてきた時代を描けないはずがない……根拠のあるようなないような自信が、少しづつだが芽生えはじめてきたのだ。
しかし、その一方で、ひとつの問題に遭遇する。それは〝七〇年代〟という括り方である。これは、あまりにも無意味で横暴な括り方であることに気づいたのだ。一九七〇年と一九七九年では、まったくその〝在り方〟が違うのだ。これを同じ〝七〇年代〟という言葉で集約してよいものか……。新たなる課題にぶつかる俺なのであった。

3月28日
アルバイトな一日。働くことも大事だよねー。

3月29日
アルバイトな一日。働くのって大変だよねー。

3月30日
アルバイトな一日。早く芝居だけで食えるようになりたいよねー。

3月31日
アルバイトな一日。でも、そんな日が来るのかなー。

4月1日
アルバイトな一日。三〇過ぎて、なにやってるんだろーなー。

4月2日
アルバイトな一日。もう田舎帰ろうかなー（泣）

4月3日

アルバイトで稼いだ金で、再び本を大量購入。もちろん七〇年代に関するものばかり。今回は少し範囲を広げて六〇年代に関する文献も購入。ついでに「貸切り風呂のある温泉50」も購入。そこまでして行きたいのか、温泉。まぁ、許してほしい。もはや、公演終了後の温泉旅行だけが、モチベーションを保つ材料である。

この時点で、芝居のネタになるようなキーワードがいくつか浮上してくる。そのキーワードは、学生運動、ベトナム戦争、フォークソング、アングラ演劇、ジャズなどであり、それに付随して、サイケデリックファッション、長髪、ニューシネマ、ロマンポルノ、ラジオ番組、などの具体的なコンテンツもあげられてくる。そして、俺が圧倒的に魅かれるものたちは、すべて七〇年代初期に集中していることに気づく。やはり舞台となるのは七〇年代前半になりそうだ。

そして、学生運動関連の本を何冊か読んでいて、七〇年代前半において、時代の空気を一変してしまうような大きな事件があったことを知る。そう、五人の男が雪山の山荘に立て篭もった事件だ。この事件が七〇年代前半の日本の大きなキーワードになっていることは、紛れもない事実のようだ。このあたりを深く勉強する必要がある。

今日買ってきた本は、この事件に関わった人物が、獄中で、あるいは国外で記した手記がほとんどである。心してページを開いてみる。

「前段階武装蜂起」「国際根拠地論」……ほー、なかなか難しいことが書いてあるな。集中して読まなくては。

「現在過度期世界の高次の自然発生性があるにもかかわらず、中国、ソ連などの世界の一国党が地方主義と受動性を克服できていないため……」

……これって日本語だよね。なんか泣きたくなってきたぞ。

4月4日

一九七一年を舞台にすることに決めた。

あの〝事件〟が起きる一年前にしたのだ。あの〝事件〟が起きたのが、七二年の二月。そして、この〝事件〟に行き着くまでの、凄惨な出来事があったのが、七一年の終わり頃から、七二年の一月にかけてである。

正直、この程度の〝にわか勉強〟で、結論じみたことは言えるわけもないが、俺が今の時点で感じたことは「この事件を契機に、時代は大きく変わった」のではないかということである。間違ってるかもしれない。あるいはもしかしたら、当たってるかもしれないけど、そんなことは昔から言われていたことなのかもしれない。でも、開き直って言うわけではないが、これは誰かから聞いたわけでもなく、俺が俺自身で大量に書物を読み、ドキュメンタリーフィルムを観て、団塊の世代と呼ばれる年代の人たちに会って話を聞いて得た、ひとつの成果としての結論である。だから、わりにしっくり自分の中に〝肉感的〟にしみついている。七一年という一年は、下から上に突き上げようとするパワーが残されていた最後の一年だったのかもしれない。

この頃「モーレツからビューティフルへ」というキャッチコピーが流行ったらしいが、あるいは、この言葉が時代の変化を象徴しているのではないだろうか。

一九七一年……おもしろそうじゃないか。

久しぶりに海野にメールを打つ。

「次回の舞台は一九七一年にしま……」

……途中で、メールを打つのをやめる。こういう時は、直接、電話した方がいいだろう。その方が喜んでくれるはずだ。海野の電話番号を押す。胸が高鳴る。

「おかけになった電話は、お客様の都合で……」

……海野、電話代払おうよ。

4日5日
本屋の帰りに喫茶店に寄る。コーヒーを飲みながら、新作台本の構想を練る。

こう書くと、かっこよさげだが、構想を練ってる時って、口をポカーンと開けてるし、なにかいいアイデアが浮かぶと、一人でニヤニヤしてしまうし、端から見るとかなり気持ち悪い。でも、もうそんなことは馴れっこである。いいじゃないか、気持ち悪くたって。俺には新作台本を書くという使命があるのだから。

最初は、いかにも七〇年代的な、おんぼろアパートの一室を舞台にしようと考えた。

しかしそれは不可能であった。なぜなら次回公演を上演する劇場の構造上、それは無理があるからだ。ステージが低すぎるのだ。つまりステージと客席に段差があまりないために、畳芝居（要は地べたに座る芝居）をやってしまうと、前の方の観客の頭で、芝居がまったく見えなくなってしまうのだ。小劇場ではよくあることだ。平台をひいて、舞台を高くするという方法もあるが、劇場の平台の数も限られているし、借りてくるとなるとお金もかかる。以前、劇場の構造や予算を無視して台本を書いて、制作から刺されそうになった友人を知っている。座付作家というのは、こういった様々な制約の中で、物語を作らなくてはならない。意外に大変なのである。誰か同情してほしい。

しかし、これはこれでよい面もある〝制約〟があるために、アイデアが生まれるのだ。〝こうできないならこうしてやる〟みたいな。これって創作には、非常に有効である。今では「好きに書いてください」と言われたら、なにも書けない自分がいるような気がする。少々情けないが。

座付作家にとって、もうひとつ大切なことは、キャスティングである。

劇団員および客演で出演が決まってる役者に、その技量に見合った役をつけなければならない。以前、役者の技量を無視して台本を書いて、演出家に絞め殺されそうになった友人を知っている。まして、役者という人種は、世界一、自己顕示欲の強いわがままな人種である（またそうであるべきかもしれない）。台詞の文字数を数えて、「俺の方があいつより二文字少ない」とか文句言ってくるのが当たり前だったりする。こういう連中を相手に、役を振って、なおかつ〝おいしい〟シーンを作りながら、物語を進行していかなくてはならないのだから、座付作家というのは、大変なのである。誰か同情してほしい。

そんなこんなで、思考が飛び散っているうちに時間があっという間に経過していってしまった。コーヒー一杯で二時間近く居座っている。運悪く、客席がほぼ埋まりかけている。次に入ってきた客は、人数によっては満席で入れないかもしれない。しかも俺は四人掛けのテーブルに一人で座っている。こういうのって気まずいよね。客なんだから堂々としてりゃいいじゃんって思えないんだよね、俺って。基本的にいい人なんだよね。居酒屋でみんなで飲んでて、最後に残った鳥の唐あげを食べたいんだけど、食べれないんだよね、俺って。そこまでの人間なんだよね。

俺の他に誰か席をたちそうな客はいないか、見渡してみる。

〝世界は二人のために〟カップル、バンドの練習帰りそうな長髪の男二人組、受験勉強している予備校生ふうな男、買物帰りの主婦三人組……いずれも、一日の間にできた〝すき間〟的な時間を、この喫茶店で過ごすことで埋めている。彼らは、ここでコーヒーを飲み、それぞれの目的を達し、そしてまた去っていく。もちろん俺もその中の一人である。

……待てよ。そっか、そうだよな。これって一九七一年にもあった光景だよな。三〇年前にも、こうやっていろんな人たちが喫茶店に集まってきてたんだよな。

決まりである。俺は思わずニヤつく。ウェイトレスと目が合う。ニヤけた顔がひきつる。伝票を手にする。レジで金を払う。ウェイトレスは、ついさっき見せた俺に対する不信感を、力づくで拭い去るかのように、満面の笑みで「一〇〇〇円からお預かりします」と声を発する。

「〝一〇〇〇円から〟って、日本語おかしいよね」と思いつつ、六〇〇円のお釣りを受取り、店を出る。

「次の芝居は喫茶店が舞台だ」

海野にそう伝えたくて、再び携帯電話を手にする。

……まだ料金は支払われてなかったようだ。

4月6日

久しぶりに劇団のミーティングで、劇団員が集まる。

場所は中野。

昔、「いつかブロードウェイのある街で公演を打つ！」と宣言し、「まぁ、中野ブロードウェイだけどね、ハハハ」という中途半端なギャグを披露し、劇団員がこぞって辞めそうになった因縁の地、中野である。

心なしか劇団員たちの視線が、鋭く俺を貫いているような気がしないでもないが、心に余裕のある俺は、いかにも劇団の主宰といった威厳ある態度で席に着く。まぁ、半分ハッタリだが。

例の海野が眠たげな顔で近づいてくる。

「おはようございます」

「おはよう。お前、携帯止まってるだろう」

「次回公演のネタが決まるまで、携帯料金払わないって決めました」

……意味がわからない。お前は何がしたいんだ。遠回しに、俺に料金を払わせようとしているのか。まるで意味がわからない。今日はミーティングだけなのに、なんでそんなにバッグがでかいのかもわからない。俺は海野の何を知ってるのだろう?

若手劇団員の佐古井も近づいてくる。

「青田さん、ネタ決まったんすか?」

「あいかわらず、お前、ヒゲ濃いな」

「今日バイトだったんで」

……意味がわからない。バイト中は、ヒゲの伸びる速度が高まるのか。そのヒゲの濃い顔に爽やかな笑顔のアンバランスさはなんだ。俺は佐古井の何を知ってるのだろう? うしろの方で、女劇団員の御館田朋佳と甘城美典という、早口言葉のような名前の二人が、賑やかに談笑している。耳をつんざくような笑い声が部屋中に響き渡る。地球が砕け散っても生き残りそうな二人である。

「じゃあ、そろそろ始めようか」

俺がそう言うと、それぞれがいつもの座席につく。

「早速だけど、次回公演のことなんだが……」

「やっぱネタ決まったんすか！」落ち着け、佐古井。

「どんなの、どんなの？」慌てるな、甘城。

「うわー、すごい」まだ何も言ってないぞ、御館田。

「携帯料金払っていいんですね？」お前の問題だろ、海野。

「えー、次回公演のことだが、舞台は一九七一年の喫茶店だ」

「……」「……」「……」「……」

すいません、リアクション薄いんですけど……。

ものすごく腰の座りの悪い間のあった後、彼らが発言を始める。

「俺、生まれてないじゃないっすか！」まぁ、そうだが、だからどうした佐古井。

「SFじゃなかったんですか？」それは言うな、甘城。

「うわー、すごい」ここで言うべきセリフだ、御館田。

「携帯代、払ってきていいですか？」ミーティング中だ、海野。

それから、彼らは目の前の俺を完全に無視して、それぞれ俺の発言について意見を述べ始めるのであった。

「一九七一年って、西暦何年だ？」（一九七一年だ）「ある意味、時代劇ってこと？」（違う）「言葉遣いとかも違うの？」（多少違うね）「衣装は着物？」（違う）「小道具大変そうじゃない？」（頑張ろうよ）「予算足りる？」（なんとかしようよ）「喫茶店ってセットも大変だよね」（頑張ろうよ）「客にウケると思う？」（すごく頑張ろうよ）「そういえば〝すずめのおやど〟中野店、つぶれたよ」（マジで？）

そんな無秩序な状態が、しばらく続いた後、彼らはまるで三〇年連れ添った熟年夫婦かのような絶妙のタイミングで、その会話を終え、そして俺の方を凝視する。

この時、全員の俺にたいする質問は一致している。

古株の海野が代表して発言する。

「それで、ストーリーは？」

……ストーリーなんか決まってるわけないじゃないか。まだ設定が決まっただけだもん。俺になぜそんなに多くを望むんだ。まだ公演はずいぶん先じゃないか。

しかし、俺は希代のハッタリ屋である。決まってないなんて言うわけが、言えるわけがない。俺はいかにも、長年温めてきたストーリーかのように、朗々と喋りはじめる。

「舞台は喫茶店。そこのマスターは、昔、刑事だった。しかし、ある事件がきっかけで刑事を辞めてしまうんだな。そこへ、一人の女が訪ねてくる。過去に傷のある女だ」

俺は、立て板に水を流すかのように喋り続ける。「どうして携帯繋がらなかったの？」と女に詰問された時も、これくらい流暢に喋れたらどんなにいいだろうと思いながら、延々と喋り続ける。そして俺は、知っている。目の前の劇団員たちが心の中で思っていることを。

「こいつ、まだ何も考えてねーな」

……こうしてミーティングの時間は過ぎていくのであった。

4月7日

俺は今だにワープロで台本を書く。パソコンも持ってるのだが、パソコンのない時代から使っているワープロに愛着があるのだ。男のこだわりってやつだ。

「うちのパソコンじゃ読めないんだよ」とスタッフに苦情を言われることもあるが。

一行目。タイトルを書く。

「ノスタルジック・カフェ」

さんざん悩んだあげく、つけたタイトルだ。

シンプルだが気に入っている。

キーボードを打つ音が、俺の心を引き締める。ここからが、俺の第二ラウンドだ。ここからまた苦しい戦いが始まる。でも準備はできている。逃げるわけにはいかない（ちょっと逃げたいけど）。あとは自分が、この作品を完成させることができると強く信じて前に進むだけである。

一九七一年。自分は三歳だ。認識レベルの記憶は一切ない。細胞の記憶に頼るだけだ。あとは、この何ヵ月で仕入れた即席の知識と。それだけで、果たして描ききれるのか。正直、自信はない。おそらく俺は、一九七一年のなにひとつわかっちゃいないと思う。出来上がった作品は、たくさんの間違いを含んだものになるだろう。でもそれでいいと思う。俺は、この短期間で一九七一年が、三〇年前の日本が大好きになってしまった。「好き」ということが、この作品を書くことの資格だと俺は勝手に決めつける。俺の七〇年代への旅は、この作品から始まる。ここからがスタートだ。

海野からメールが届く。

「お疲れさまです。料金払ったので携帯使えます。ところでストーリーは決まりましたか？」

俺は、即座に返事を打つ。

「俺を信じろ」

今度は、(笑)は入れなかった。

そして俺はあらためて心に誓った。

海野の携帯が止まる前に、台本を書きあげようと。

夢も噺も——落語家　三笑亭夢楽の道

白石佐代子

［登場人物］

○おみね
○夢羅久《むらく》〔三笑亭夢楽《さんしょうていむらく》〕
○三笑亭《さんしょうてい》可志久《かしく》
○三笑亭《さんしょうてい》可楽《からく》
○烏亭《うてい》焉馬《えんば》
○三笑亭《さんしょうてい》可丸《からく》
○更絹《さらきぬ》（花魁）
○岡場所のおかみ
○居酒屋のおやじ
○おたま（柳橋料亭の女中）
○柳橋料亭のおかみ
○寄席の客1
○寄席の客2
○岡場所の男1
○岡場所の男2

第一場

舞台には畳の間一つ。そこは料亭の一室に設けた高座。小屋全体を柳橋料亭の鶴の間とする。
おかみと女中のおたまがせっせと高座の上をそうじしたり、これから行われる「噺の会」の準備をしつつ、客入れを進行させる。
リアルな客入りが「噺の会に来た客」でもあり、おかみとおたまが客入りの世話をする。
ほぼ客入りが終了する頃、客席の最前列に「客の一人」として、可楽と夢楽が座る。

おかみ　お客様はほぼ揃いなさったっていうのに、焉馬師匠は遅いわねぇ。
おたま　お珍しいですね、どうなさったんでしょう。

おたまとおかみ、入り口を気にしながら高座の上をそうじしていると、烏亭焉馬がやってくる。

おかみ　まぁ、まぁ、師匠、お待ちしておりましたよ。
焉馬　うむ、待たせて申し訳ない。
おかみ　さ、さ、どうぞ。

おかみ、高座の上に焉馬を招き入れると、おたまと共に去る。
焉馬、高座に座ると、客席に向かって一礼する。

焉馬　皆様方、お待たせいたしまして、大変申し訳ありませんでした。では早速第一五回噺の会を始めさせていただきます。まぁ、昨今では落語が寄席で聞けるようになりましたが、このような料亭にお集まりいただいて、気ままに噺を講ずるというのもですね、寄席興行を盛り立てる一つの礎《いしずえ》になれたら、とこう思っております。

この間もですね、珍しいオウムを見かけまして、思わず衝動買いしてしまったんですが、そのオウム、驚いたことに、私が思っていることを何でもかんでも私に代わってしゃべってくれるんです。それでまぁ、友人に「えらいオウムを買ったよ」とこう話しますとね、全く信じようとはしてくれないんですな。

「ばかばかしい、オウムが口真似をするという話はよく聞くが、なんぼなんでも心に思っている事までしゃべれるはずがないじゃないか」

「いやいや、嘘ではないんだよ。嘘だと思うなら今晩にでも見に来るといいよ」

友人は早速やってきましてね、「んなわけねぇだろう」なんて思いながらじっと鳥かごの中のオウムを見ていたんですが、オウムが友人を見た途端、

「よく来たな」

オウムが本当に話し出したもんで、そいつぁ腰をぬかしてびっくり仰天。

「ハハハ、どうだ。嘘じゃなかっただろう」

「はぁ、なるほど、こいつは奇妙だ。そうだ。お前さん、今度落語をやるそうじゃないか、このオウムを前座にでも出したら大ウケするんじゃないのか」

「そりゃいいね。ところで、お前さんは、見に来てくれるかね」

「う〜ん、まぁ、時間があったらな」

「うんうん。暇だったらでいいんだよ。なにせ娯楽はたくさんあるんだからね。わざわざ遠くま

で来てもらうようなもんじゃなし、雨でも降ったらかったるくなるだろうし。その気になったらでいいんだよ。うん、その気になったらで」
心を殺して一生懸命笑顔を絶やさなかった私の努力も空しく、その時オウムが一声。
「冗談じゃない。雨でも嵐でも絶対来やがれ」
……と、まぁ、高座に上がるもんは皆、同じような心境かと思われますが、無理強いはいけません。友人をなくします。そもそも寄席の興行といいましても……。

噺の途中に突然客席の入り口からおみねが入ってきて、大声ではしゃぐ。

おみね　うわー、おっきい部屋だっちゃあ。たまげだぁ、一〇〇人ぐれぇは入ってっぺなあ？　おら、こんないっぺぇの人見だごどねぇ。

おたまが息を切らしておみねを追いかけてくる。

おたま　おみねちゃん、もう始まってるんだから、入っちゃだめだってば。
おみね　へ？　もう始まってんだべが？
おたま　そうよ。ほら、早く出て。
おみね　そんなケチなごど言わねで、ちょっこら見せでくれだっていっちゃ。おら、こんなどごさ、入るの初めでだぁ。はぁ～、こんなどごで働けるなんて、おらは幸せだぁ。

焉馬、軽い咳ばらいをする。と、おかみが慌てて出てくる。

おかみ　おみね！　おみね！

おたま　すんません、あたしはだめだって言ったんですけど。

おかみ　ああ、もういいから、二人とも早く出て。早く。(焉馬や客席に) 申し訳ありません。何分、新入りなもんで、申し訳ありません……。

おたまとおみねを部屋から追い出しつつ、平謝りするおかみ。
おかみたちがいなくなると、焉馬、仕切り直す。

焉馬　えー、では、もとい。みなさま、本日はたいへんすばらしい噺家の師匠方をお招きしておりますので、ご紹介させていただきます。(可楽と夢楽の方を見て) 今日《こんにち》までに寄席興行を発展なさいました三笑亭可楽師匠と、その一番弟子でいらっしゃる三笑亭夢楽どのでございます。

可楽と夢楽、立ち上がり、客席に一礼する。

焉馬　本日は三笑亭夢楽どのに一席お頼み申しあげたいと思っております。みなさま、盛大な拍手で……。さ、夢楽どの。

夢楽、高座に上がる。可楽は再び席に座る。

夢楽　ただいま、ご紹介に与りました三笑亭夢楽でございます。本日は自作の噺をご披露させていただきます。自作と申しましてもなんてことはない、つい先日吉原にちょいと憂さ晴らしに行った時なんでございやすが、妙に目付きの悪い男を見かけましてね、怖いもの見たさで思わずついていってしまったんでございやす。その男、専助という小間物問屋の若旦那でして、吉原ではちょいと名の知れた男でございやした。三日と空けず通いつめているお気に入りの花魁《おいらん》が一人おりまして、専助の脳みそん中ぁ、その花魁のおしろいで真っ白けの状態でございやす。しかし、花魁の方はそんなこたぁ知ったこっちゃねぇ。いれあげている割りに専助はドケチな輩でして、ちびちび一合の酒を一晩かけて飲み明かす始末。しかも、花魁の前になると、どうも緊張しちまって、元から悪い目付きがますます険しくなってくる。

「ああ、やだよ。またあのいけすかない男が来ているよ。徳利ん中、水でも入れて出しておやり」

「花魁ったらそんなお顔して、せっかくのおしろいにヒビが入りますよ。どんなお客にもね……」

噺の途中からいつのまにか二階の通り廊下（上手二階場）におみねが佇み、放心したように夢楽の噺に聞き入っている。

おみね　はぁ〜、こいづが今流行ってる落語ってゆうのが。ずいぶんおもせぇなぁ。おらの村じゃこだな話、聞いだごどねぇ。はぁ〜。体中がほでってってどうしようもねぇ。どうしようもねぇ。やりでなぁ。おらもこだら噺、話してみでなぁ。

おかみ　おみね！　おみね！

おみね　あ、もうちっこら、もうちっこらでいがすから。

おかみ　まったくお前は。いい加減におし。

おみね、抗うが、おかみに連れていかれて二階場から姿を消す。

夢楽　「お前、三途の川のほとりで待っているんだよ。きっとあの世で結ばれよう」
　専助は首をくくると、踏み台の石を足でとあっとはね、七転八倒の苦しみの末に息絶えてしまう。それを見ていた花魁、急に死ぬのが怖くなってしまいやした。花魁はそーと草履を履いて逃げ出そうとすると、……死んだはずの専助が薄目をあけて、
「おいおい、それは俺の草履だ」

夢楽の噺が終わり、笑いと拍手が起こる中、夢楽は客席に一礼すると、高座から下り立つ。焉馬、入れ替わりに高座に上がる。

焉馬　それでは本日はこれで締めさせていただきます。お気をつけてお帰りくださいまし。ありがとうございました。

第二場

焉馬、客を見送り、三笑亭可楽と夢楽だけが残ると、頬を緩ませて夢楽に向き合う。

焉馬　今日の新作噺、なかなかよかったじゃないか、ええ？　いやぁ、これだけ緻密に計算された噺

はそう聞けやしないよ。そうだなぁ、「人情噺」の誕生とでも言えるかね。
夢楽　人情噺、ですかい。
焉馬　ハハハ、可楽さんも頼もしいお弟子さんがいらしてお羨ましい。
可楽　いやいや、寄席興行もこれからですからなぁ。いまだに噺を聞くのに、なんで木戸銭を払わにゃいかんのだっていう客が多い時代。歌舞伎と同格に見てもらうには、まだまだ……。
焉馬　何をおっしゃいますやら。可楽師匠の三題噺で、寄席は連日大賑わいじゃないですか。
可楽　ハハハ、それもいつまで持つやら……。では、失礼を。夢楽、行くぞ。

焉馬は退場。可楽、夢楽と二人になった途端、態度が豹変する。

可楽　夢楽。なんだ、今日の噺は。
夢楽　は？
可楽　焉馬におだてられたからって、いい気になるんじゃないぞ。こちゃこちゃ話をこねくり回しおって、お前の噺は笑えん。もっと馬鹿でもわかるように単純にしろ。単純に。
夢楽　へ、へぇ。

夢楽、釈然としないまま可楽の後をついていき、退場。

第三場

畳の間は三笑亭の家になる。
弟子の可丸と可志久が稽古をサボって騒いでいる。

可丸　今度師匠のお供をするのはおいらだぜ。おいら。
可志久　おいらはどうせなら、料亭でやる噺の会より寄席に出てぇなぁ。
可丸　寄席の賑わいは、ちょいとちがうもんなぁ。
可志久　木戸銭もがっぽり取れるし。
可丸　そういう問題じゃないだろう。師匠は別に木戸銭目当てで寄席を作ったわけじゃないんだぞ。
可志久　え？　違うの？
可丸　ばかもん。可楽師匠は落語をこの世に広め、落語界を一つの文化となさんために、ご自分の家財一切を売り払い、日夜寄席興行のために……。

可志久は可丸の話など聞いてない。

可丸　こらぁ、聞いてるのか。
おみね　聞いでる、聞いでる。やっぱ可楽師匠！　日本一！

おみね、いつのまにか平然と家の中に入りこんでいる。

可志久　うわぁ、お前いってぇ誰だ。
おみね　おらがぁ？　おみねってんだ。よろしく！
可丸　よろしくって。お前、何しに……。
おみね　ここの弟子にへぇりに来たんだぁ。
可丸・可志久　弟子！
おみね　おら、噺家になるって決めだんだぁ。今日から住み込みで厄介になっから、よろしくたのむす。
可丸　ハハハ、女がなれるわけねぇだろう。帰れ、帰れ。
可志久　そうそう。悪いことは言わないからさ。
可丸　こんな女が現れるなんて、三笑亭もなめられたもんだ。
可志久　師匠が聞いたら、口から泡出しちまいますよ。
可丸　泡だけじゃねぇだろう。目ん玉も飛び出ちまうよ。
可志久　うわぁ、そりゃいけねぇ。
おみね　そんな、そんなこと、わからねぇでないの。お師匠さんはどこさ。お師匠さんなら……。
可楽　ええい、騒々しいな。どうした。

可楽と夢楽、帰ってくる。

可志久　し、師匠！
可志久・可丸　お帰りなさいまし。
おみね　師匠？

可楽　なんだ、その女は。
可丸　へ、へぇ。この女が住み込みで弟子になりてぇと。
可楽　なに。
おみね　お、おらを弟子にしてけさいん。おねげぇします。
可楽　ふん、料亭の女か。くだらない。引取ってもらえ。
おみね　ま、待ってけさいん。おなごが噺家になれねえごどぐれぇ、わがってるっちゃ。んでも、おらさっき初めで柳橋の料亭で噺聞いだら、体中がほでって、痺れだみでに動がなぐなったんだぁ。おらが生きていぐ場所はもうここごすかねぇって、せっかく勤めでだ料亭やめでここさ来たんだぁ。それを……。（可楽の後ろにいた夢楽に気づく）ああ！　この人だ。この人の噺さ、聞いたんだぁ。おねげぇだ、おらをあんだの側に置かせでけさいん。
可志久　夢楽アニィのを聞いたんかい、そりゃ、惚れちまうわ。あんたの気持ちわかるよ。
おみね　そうだっちゃねぇ？　わかってけさい～ん？
可志久　うんうん、わかるわかる。おいらもアニさんの噺聞いて、ここに弟子入りしたんだぜ。
おみね　へぇ、そうすか。あんだどは仲良くなれそうだっちゃあ。あんだ、なんていうんだぁ？
可志久　可志久ってんだ。よろしくな。
可丸　おいらは可丸。
おみね　可志久に可丸かぁ。おらも弟子さなっだら、「可みね」とかなんとかなるんだべかねぇ。
可志久　可みね、か。そりゃいいや。
おみね　ええべ、ええべ。……見でけろ、これさ、村でこせぇたお面だ。こいづつけで、わらすっこだちに昔話してやったんだぁ。村でおみねのお話といやぁ、隣村から集まるほど大人気でよぉ。はぁ、やっぱりおらはこうなるサダメだったんだべなぁ。

おみね、背負っていた風呂敷きを広げて荷物をとくと、中からはお面をはじめ変わった物が次から次へと出てくる。可志久と可丸は「これは？　あれは？」とおみねの荷物に群がる。おみね、すっかり場に溶け込んでしまっている。夢楽はそんなおみねをクックッと笑って見ている。

夢楽　女の噺家ってのも笑えるかもしれねぇなぁ。

可楽　ばかなことを言うな。さっさと追い出せ。

夢楽　待って下さい。確か小間使いが一人必要だと……。

可楽　……ああ。

夢楽　こいつにやらせたらどうでしょう。

可志久　師匠！　そうですよ。叩いても壊れないような女中が欲しいって、ずっと言ってたじゃないっすか。おみねちゃんにピッタリっすよ。

おみね　そ、そうっす！　おら、師匠のためだったら、肩揉みでも芋掘りでも井戸掘りでもなじょな仕事だって……。

可楽　ええい、うるさい。わかった、わかったから黙れ。

おみね　し、師匠。それじゃ……。

可楽　だが、さぼったら即首だと思え。

可楽、苦々しい面持ちで去っていく。可志久たち、歓声を上げる。

可志久　よかったなぁ、おみねちゃん。

おみね　ありがとう、ありがとう。

夢楽、無言で立ち去ろうとするのをおみね、追いかける。

おみね　夢楽さん、ありがとうございました。

夢楽　その前にその訛り、直せよ。訛った落語なんて聞いてられねぇ。

おみね　はい！

夢楽、そっけなく答えて去っていく。

第四場

軽快な音楽と共におみねは着物を襷《たすき》掛けして、意気揚々と掃除を始める。
が、余計にゴミを撒き散らしており、掃除になっていない。
それを後ろから可志久、可丸が拾って回って、おみねのドジをフォローしてあげている。
二人のおかげですっかり片付いた中で、おみねは噺家になりきった気分で噺をし始める。

おみね　「ごくん。あらいやだ。種まで飲みこんじまったよ」そんなこと言っているうちに種はどんどん育っちまって、とうとう頭から苗木が生えてきちまった。「うひょー。こりゃいい案配だ。これでいつでも梅干しが食える」

可志久と可丸、おみねの啖に笑い転げる。それを陰から見ていた夢楽に、可丸が気づく。

可丸　アニさん、そんなところにつったってないで、こっちに来たらどうっすか。
おみね　（夢楽に気づき、赤らめる）む、夢楽さん？
夢楽　どうしようもねぇ、下手っくそだな。
可志久　アニさん、何もそんな……。
夢楽　けど、声はいい。……フッ、女啖家ねぇ。……悪くねぇかもなぁ。

夢楽、去っていく。

おみね　あ、ありがとうございます！
可志久　すげぇ。アニさんにああ言ってもらえるなんて。
おみね　ああ。なんであたしは男じゃないんだぁ。
可志久　大丈夫っすよ。今でも十分女じゃないから。
可丸　ちげぇねぇ。
おみね　可志久さん！　可丸さん！

おみね、可志久と可丸をたたく。可志久たち、笑いながら逃げ回る。おみね、可志久たちとじゃれあいながら去っていく。

第五場

畳の間は寄席となる。可楽が高座に上がっている。高座の陰（あるいは二階場）からおみねと可志久、可丸が見ている。

可楽　はい、お題、お題は何がよろしいですかな。（観客の方を指差し）はい、そこのだんなはん。……船頭、船頭ですか。はい、はい、わかりました。えー、じゃあ、次のお題は……、はい、そこのべっぴんさん。……草餅？　ほほう、こりゃべっぴんさんにぴったりのお題ですなぁ。……さてと、あとお一人は……、お、そこのおじいちゃん。おじいちゃん、何がよろしいですか？　……え？　歯？　歯ですか？　おじいちゃん、自分が欲しいもん言ってもらっても困るんですけどねぇ。……いやはや、これでお題が三つ揃いました。船頭、草餅、そして、歯。この三つを使って噺を作る三題噺、さてさて、これは困りましたなぁ。困ったといえば、あの荒川の渡り船。あの船頭は有名な女ったらしでね。ついこの間も、ろくでもない女に手を出して、えらい騒ぎを起こしちまった。「おい、てめぇか、俺の女に手をつけたってぇのは」見ると頬に刀傷のある大男が目の前に立っているじゃあございませんか……。

おみね　はぁ、さすが可楽師匠。すぐに客を引きつけちゃったよ。

可丸　三題噺は師匠にしかできねぇ技だぜぃ。

可志久　すげぇよなぁ。

おみね　この次はたしか夢楽さんですよね。

可丸　ああ、師匠が作った噺、もらったらしいよ。

可志久　師匠から噺をいただけるなんて、はぁ、羨ましいっすねぇ。

おみね　うわぁ、楽しみ！

可楽　……見ると草餅に最後の一本の歯がくっついていたとさ。

笑いと拍手喝采の中、可楽、お辞儀をして退場する。前座がめくりとざぶとんを変え、その後入れ替わりに夢楽が高座に上がってくる。

夢楽　えー。本日はちと悲しい男の物語でもお聞かせいたしましょうか。せちがらい世の中になりまして、にっちもさっちもいかなくなった男どもが、ふいと吉原に憂さ晴らしにやって来るものですが、その中でもこの男、専助はちょいといけねぇ。焦点の定まらない目でふらふらと歩いてきやがりました。吉原で小間物問屋の専助といやぁ、ちょいと名の知れた男、こいつは馴染みの花魁にぞっこん魂を抜き取られちまって……。

おみね　あれ？　これ、この間の会でやった噺と似てない？　っていうか、おんなじじゃない？

可志久　そうっすよ。なんでまた、こんな噺。ひえ〜、こりゃ師匠に叱られるぞ〜。

夢楽　それを見ていた花魁、急に死ぬのが怖くなってしまいやした。花魁はそーと草履を履いて逃げ出そうとすると、……死んだはずの専助が薄目をあけて、

「おいおい、それは俺の草履だ」

第六場

楽屋裏では、可楽が怒りに震えている。

可楽　このばかもんが。なぜわしの噺をしなかった。
夢楽　あっしは噺家として自分が信じた噺をしただけです。
可楽　それがまだ早いと言っとるんだ。焉馬に人情噺だとかなんとか煽《おだ》てられていい気になるのもいい加減にしろ。判断を下すのは噺家じゃない。客だ。お前の噺で今日何人の客が笑った。え？　何人だ。
夢楽　それじゃ、言わせていただきやす。あっしは鼻っから客を笑わせようと思っちゃいません。くだらねぇ言葉遊びはその場でおしまいです。一歩寄席を出たら、すぐ忘れちまいます。それじゃあ、一体噺ってな、何のためにあるんすか。あっしはここんとこ（胸に拳を当て）に残る噺を聞かせてやりてえんです。
可楽　わかった風な口を聞くんじゃない。しばらく頭を冷やせ。当分寄席にも出んでいい。

可楽、荒々しく出ていく。

夢楽　クソッ。

夢楽もまた苛立たしげに出ていく。

おみね　ここに残る噺……。

おみね、胸に拳を当て、夢楽に想いを寄せる。

暗転。

第七場

三笑亭の家。
可楽が可志久に稽古をつけている。

可志久「堪忍してくれ。これには深いわけが……」「うるせぇ。うだうだ言ってねぇでさっさとあっしの前から消えちまってくれ」
可楽　違う。何度言ったらわかる。亭主と間男を同じ声色で言ってどうする。
可志久　は、はい。……「堪忍してくれ。これには深いわけが……」「うるせぇ。うだうだ言ってねぇでさっさと……」
可楽　同じじゃないか。
可志久　すいません。……「堪忍してくれ。これには……」
可楽　違う！
可志久　あ、う……「か、堪忍……」

可楽　違う！

可志久は半べそをかいている。一方、夢楽は雑巾がけをさせられている。おみね、夢楽に気づき、驚き見る。

おみね　何しているんですか⁉

夢楽　……。

おみね　貸してください。そんなこと、あたしがしますから。

夢楽　いい。

おみね　夢楽さん。

可丸、これみよがしにやってくる。

可丸　可志久はこってりしぼられているなぁ。奴は素直だから、誰かさんと違ってしごきがいがあるんだろうよ。

おみね　可丸。憎たらしいこと言うと、あたしが承知しないよ。

可丸　おお、こわ。アニさんのことになると、むきになっちゃって、おみねちゃんもかわいいねぇ。

おみね　可丸！

おみね、可丸を箒で叩き、可丸は逃げ出す。

おみね　あんなの気にすることないですよ。夢楽さんのことやっかんでるだけなんですよ。

夢楽　……。
おみね　あんなこと言えるのも今のうちですよ、ねぇ。今度夢楽さんが高座に上がった時、見てろってんだ。後で手の平返して媚び出したって、知らないぞー。
夢楽　お前は能天気でいいな。
おみね　いやぁ、そんな誉められても……。
夢楽　誉めてねぇ！
おみね　あら。
夢楽　お前と話していると頭が変になりそうだ。さっさと行け。

おみね、まったく傷ついておらず、笑顔でうなずくと、夢楽の雑巾を受け取る。

おみね　じゃ、あたし奥の部屋やっておきます。
夢楽　……おみね。
おみね　はい？
夢楽　……いや、何でもねぇ。

おみね、出ていく。

夢楽　不思議な奴だ。

夢楽に笑顔が浮かぶ。

第八場

夜が訪れ、夢楽、一人机に向かって稽古を始める。


夢楽　質屋松崎屋の跡取り息子、又吉は番頭の一人娘、おせちを一目見た時から恋焦がれ、いつかおせちと所帯を持てる日を夢見て、商売に精を出していやした。その想いが通じたのか、おせちも何かとおとっつあんをだしにしては、毎日のように松崎屋に顔を出すように。

「おとっつあん、夕方から雨が降るらしいから、傘を持ってきたわ」

「え？　こんなにおてんとさまがてかってるってのにかい？」

「それに裾がほどけているじゃない。縫ってあげる。さ、貸して」

「そんなもん、店で縫う奴があるか。……まったく。すいません。うちの娘がちょくちょく顔を出してきまして。……ええ、まだまだおせちも子供でして……」


おみね、柱の陰からそっとその様子を見ている。

おみね　あれがら数日が経って、やっと可楽師匠も夢楽さんが高座に上がんのを許してくれたんでがす。はぁ〜、やっと夢楽さんの噺ば、聞けるっちゃあ！　夢楽さんの作った噺はまるで芝居みでにわくわくすて、せつなぐって、ほんでもって笑えんだぁ。「これが、夢楽さんの噺だぁ」おらは体中がほでって、大っきな声で叫びだくなってしまう。……んでも、おら、気になってすがだねんだ。夢楽さんの噺、師匠が禁じた人情噺でねべがあ？

夢楽　「又吉さん、私は番頭の娘。松崎屋を継がれるあなたとは所詮結ばれるわけが……」「冗談じゃない。私に生まれながらの許婚がいようがいまいが関係ない。私の女房となる女はお前しかいないよ」「又吉さん」「おせち」二人は固く抱きしめあい……、抱きしめあって……

言葉に詰まると、考えこみながら机の上の和紙に綴る。

書いては読み上げ、書いては読み上げ、噺を作り上げていく。

そのうち朝の日差しがさしこみ、夢楽はいつのまにか座卓につっぷして眠りこけている。

おみね、そっと夢楽に近づくと、羽織をかけてあげる。

と、座卓の上においてある和紙が目に入り、手に取って読もうとする。

と、夢楽が起き出して和紙をひったくる。

夢楽　読むな。
おみね　すいません。
夢楽　このことはみんなには黙ってろ。
おみね　もしかして、それ。今度の寄席で話す噺じゃ？
夢楽　……。
おみね　やっぱり……。
夢楽　知っていたのか。まったく油断も隙もあったもんじゃないな。
おみね　それって人情噺……なんです、よ、ね？
夢楽　そうだ。
おみね　それって、それって、まずいんじゃ。

夢楽　くだらねぇ噺なんかできるか。
おみね　師匠の噺はくだらない、ですか？
夢楽　じゃあ、お前、この間の寄席の噺、ここで言ってみろ。
おみね　え？　ええと、確か、お題がめざしと、たくあんと、あとは……。
夢楽　ほれ、みろ。忘れているじゃないか。即興で三題をつじつま合わせて噺を作りゃ、そりゃあ客は盛り上がるだろうさ。けど、それだけだ。大した内容なんてねぇんだからな。
おみね　夢楽さ……。
夢楽　あっしはあっしの噺、作ってみせる。ここんとこ（胸）に残るな。
おみね　……。
夢楽　もう行け。
おみね　は、はい。

おみね、部屋から出ていく。
夢楽、くしゃくしゃになった和紙を広げ、考え込む。

暗転。

第九場

寄席の高座。

めくりは「三笑亭可志久」。可志久が高座に上がって噺をしているが、自信なさげで弱々しい。

可志久　……亭主は間男を前に座らせ、酒をちびりちびりと飲みながらぐっと睨んだ。「いいか。文吉。今度見つけたら、蕎麦も買わせるぞ」

可志久、しーんとなっている客席の反応を見て、がっくりしながら、めくりをめくって高座から下りる。

めくりは「三笑亭夢楽」となる。

可志久が袖に戻ってくると、おみねが待ち受けている。

おみね　可志久さん、すごく上達したわよ。
可志久　そ、そうかな。
おみね　うん、みんなおかしいのをぐっとこらえてんの、ここから見てて、すごくわかった。
可志久　え？　みんな笑うの我慢してたの？
おみね　そうよ。当たり前じゃない。
可志久　そ、そうか！　（鳴り物が響き渡る）お、待ちに待ったアニさんの高座っすね。うー、ぞくぞくするぜ。
おみね　（不安げに）そ、そうね。
可志久　ん？　おみねちゃん、どうしたの？
おみね　え？　ううん、何でもない。

夢楽、高座に上がって来る。

夢楽　えー、本日はお忙しい中、わざわざこの寄席に足をお運び戴き、ありがとうございます。ちょいと右を向けば中村座、左を見れば市村座っと娯楽には事欠かないご時世になりまして、それでこのあっしの面を見てぇなんて物好きは、もう神様仏さまでございます。それにしても、この長引く不況の世の中。少しでもあっしの噺で笑っていただき、皆様のお心が軽くなれば、と精進いたしておりますものの、なんてぇたって、あっしは楽して夢見ようなんてとんでもねぇ名前がついておりやすから、どうにもこうにもお恥ずかしい限りで……。そこで突然ではございますが、ここいらで性根を据えようかと、名を改めることにいたしやした。

可志久　アニさん？

おみね　夢楽さん、何言ってるの？

夢楽、「夢羅久」と書かれた垂れ幕を垂らす。

夢羅久　本日よりむらくはむらくでも、自らの手で夢を網羅せんと、「夢羅久」と改めやす。以後、夢羅久をよろしゅうお願い申し上げます。

鳴り物が高らかに鳴り響く。拍手喝采。

おみね　どうして。夢楽さん、どうして！

高座に上がろうとするおみねを止める可志久。

可志久　おみねちゃん、だめだ。
おみね　夢楽さん！
夢楽　「冗談じゃない。勝手に決めた許婚と祝言なんかあげるもんかい」「お前、出ていくつもりかい。この松崎屋を捨てるつもりかい」「ああ、出ていく。出てってやるよ。おせちのいない松崎屋なんて、私には何の値打ちもないんです」
可志久　もう遅いんだ、おみねちゃん。
おみね　いやー、夢楽さん！　やめてー。
夢楽　「私の気持ちは変わらない。おせちのためなら、松崎屋だって捨てられる。捨てられるんです」
おみね　やめて。

夢楽の噺とおみね、可志久の三重奏（騒）が高鳴る。

可楽　ばかもん！

可楽の一声で騒音がやむ。

第十場

そこは三笑亭の家となり、可楽、夢羅久を殴り倒す。

可楽　よくも、よくもわしに恥をかかせおったな。
おみね　やめて下さい。
可楽　どけ、おみね。
おみね　いやです。
可楽　ええい、どけ。このわしの気持ちを踏みにじりおって。わしが譲った「楽」の字を捨てるとは……。「楽」のないお前はもうわしの弟子でも何でもない。出ていけ。破門じゃ。

一同、固まる中、夢羅久は深々と頭を下げ、去っていく。
追いかけようとするおみね。

可楽　待て、おみね。あいつとはもう関わるな。
おみね　師匠！
可楽　あいつは自分のことしか考えん奴だ。芸のためならどんなあこぎなことだってするだろう。あいつといたら、苦労するだけだぞ。
おみね　それでもいいんです。あの人の役に立てるならあたしは……。
可楽　ばかな。みすみす食い物にされる気か。
おみね　師匠。……本当は夢羅久さんのこと、怖いんじゃないですか？　自分でどんどん噺を広げていける夢羅久さんが。
可楽　なにぃ。
おみね　夢羅久さんはあたしの夢そのものなんです。あたしが夢羅久さんを江戸一の噺家にしてみせます。

可楽　おみね……。

おみね、出ていく。

可志久、おみねを追いかける。

可志久　おみねちゃん。

おみね　可志久さん、今までありがとう。

おみね、去っていく。

可楽、可志久ら、なすすべもなく見送る。

暗転。

第十一場

夢羅久の家。

小鳥のさえずりが聞こえるのどかさ……。

おみね、ちゃぶ台に食事の仕度をしている。

布団の中で眠っている夢羅久。

おみね、起きる気配のない夢羅久に業を煮やし、布団をはぐ。

おみね　ほらほら、いつまで寝ているんですか。早く起きてくださいな。
夢羅久　な、なにしやがる。
おみね　もう。可楽師匠の家を出た途端、だらけちゃって。几帳面な人だと思ってたのになぁ。
夢羅久　うるせぇ。おめぇもいつまで居座るつもりだ。さっさと三笑亭に戻れ。
おみね　いいえ、戻りません。あたし、夢羅久さんの一番弟子になりましたから。師匠のお世話をするのは弟子の務め。夢羅久さんを一人にしたら一番弟子の名がすたります。
夢羅久　勝手に弟子になるな。
おみね　(陽気に)すいません。
夢羅久　まったく、呆れた奴だ。……(急にしみじみと)今のあっしぁ、弟子も何もあったもんじゃねぇ。亭号がなくなった途端、みんな、手の平返したみてぇに変わっちまってよ。ただの夢羅久を高座にあげてくれる寄席なんてどこもねぇじゃねぇか。悪いことは言わねぇ。三笑亭に戻りな。
おみね　あたしは三笑亭なんかじゃない。ただのおみねです。ただのおみねが、ただの夢羅久のお世話してもいいじゃないですか。
夢羅久　おまえ。
おみね　それに、こんなだらしない夢羅久さんを一人にしたら、きっと明日には餓え死にしてしまいますよ。ほらほら、早く起きてご飯食べて下さい。

おみね、夢羅久を追い立てるようにちゃぶ台の前に座らせる。

おみね　さ、いっただきます。あたしの田舎ではね、いつも朝は茄子の漬物って決まってたんです。もう、これがないと朝が始まらないんですよ。足りないとすっごいけんかになっちゃって。夢羅久さんの兄弟喧嘩もすごそうですよね。派手にやっつけてたんじゃないですか？

夢羅久　そんなこたぁしたことねぇ。

おみね　え？

夢羅久　あっしのお袋は、小せぇ頃に死んじまってな。顔もろくに覚えちゃいねぇ。妾が子供連れて後添いに来たがよ、あっしにゃ目もくれなかった。飯はいつも土間で一人で食わされていたよ。

おみね　そんな……。

夢羅久　家を出てから、もう一度も会っちゃいねぇ。フッ、まだ生きてんのかどうかも知らねぇ……。

おみね　……。

夢羅久　漬物一つで兄弟喧嘩できたお前は幸せだな。

おみね　夢羅久さん……。

夢羅久　うまい。おかわり。

おみね　は、はい。

おみね、空になった漬物の皿を抱きかかえ、部屋から出てくる。

おみね　おら、これから先、なじょなごとあっても、茄子の漬物は絶対切らさねぇ。これからはおらが一緒に漬物取り合って喧嘩して、笑って、泣いで。おらが一生夢羅久さんの側にいる。……可楽師匠。おらはやっぱす後悔なんかしねす。おらが必ず夢羅久さんを江戸一の噺家にしてみせるす！

第十二場

「朝寝房夢羅久落語披露之会」という垂れ幕が下がり、そこは寄席となる。

鳴り物が鳴り響き、うなるような客の歓声と拍手喝采の中、夢羅久が感慨無量に高座から客席に深々と頭を下げている。

袖にいるおみねの元に可志久と可丸が、興奮覚めやらぬ状態で駆け込んでくる。

可志久　おみねちゃん！　大成功じゃないか。
おみね　可志久さんたち、来てくれたの？
可志久　もちろんっすよ。おいら、感動しちゃって、ずっと泣き通しだったたっすよ。
可丸　お前は泣きすぎなんだよ。

まだ歓声が鳴り止まない中、夢羅久が高座から下りてきて、やってくる。

可志久と可丸、夢羅久を囲み、

可志久　アニさん、おめでとうございます。
可丸　あ、あっしぁ、アニさんは絶対大成すると思ってやしたよ。ハハハ。
可志久　今頃可楽師匠も「しまったぁ」なんて思ってんじゃないっすかね。
可丸　ハハハ、そうっすよ。また三笑亭に戻って来てくれ、なんて言ってきたりして。
可志久　ありうる、ありうる。

夢羅久　ありえねぇな。

ぴしゃりと言い放つ夢羅久の一言で、場が静まり、可丸と可志久、居たたまれなくなる。と、そこに焉馬がやってくる。

焉馬　やあ。夢羅久、おめでとう。
夢羅久　焉馬師匠。
可志久　じ、じゃ、おみねちゃん、また来るよ。
可丸　そ、そうだな。あっしもこれで。

可志久と可丸、そそくさと去って行く。

焉馬　三笑亭の若いもんが応援に来てくれたのか。
夢羅久　いや、単なるひやかしですよ。
焉馬　フッ、お前はまったく不器用な男じゃのう。もう少しうまく立ち回らんと、どこの世界でも潰されてしまうぞ。
夢羅久　はい。……焉馬師匠にはなんとお礼を申し上げていいか……。
おみね　本当にこのたびはご尽力いただいてありがとうございます。今日の成功はひとえに、ひとえに焉馬師匠のおかげです！
焉馬　（夢羅久に）ハハハ。お前さんもいい連れ合いを見つけたのう。
おみね　つ、連れ合いだなんて、ただの弟子です。弟子。

焉馬　そうかそうか。ハハハ。

焉馬、笑いながら去っていく。
夢羅久とおみね、気恥ずかしそうに見つめ合う。

夢羅久　フッ、お前はほんと不思議な奴だ。
おみね　え？
夢羅久　お前といると、どんなこともできるような気がしてくる。お前みたいな女は初めてだ。
おみね　夢羅久さんの噺があたしに力を与えてくれるんです。夢羅久さんはあたしの夢をどんどん、どんどん大きくしてくれる。
夢羅久　おみね。

夢羅久、おみねを引き寄せ、抱きしめる。

おみね　夢羅久さん？　む、夢羅久さ……。

夢羅久、静かにおみねを床に押し倒していく。
そして愛撫し始める。
とまどっていたおみねも次第に夢羅久を受け入れ、二人はしっかりと抱き合う。

暗転。

暗転中に、第十四場で登場する寄席の客1・2は客席に座っておく。

第十三場

夢羅久の家は全体的に暗く、陰湿。

おみね、小さな行灯の光を頼りに、縫い物の内職をしている。

時折、外の様子を覗くが、夢羅久は帰ってこない。

深い溜息ひとつ。

一方、吉原の五明桜では、華やかな三味線の音色が聞こえる中、夢羅久は更絹の膝枕で耳かきをしてもらっている。

夢羅久　痛《いた》！　もう少し優しくやってくれよ。
更絹　だったら、家に帰って奥方にやっておもらいなんし。わちきはあんさまの世話女房でもなんでもありいせん。
夢羅久　フフ、謝ることを知らん女だな。普通の花魁ならこういう時はしおらしく「あら、わちきとしたことが。ごめんなさい。痛くなかった？　痛かった？　どこ？　ここ？　あそこ？」
更絹　落語の稽古なら家でやっとくんなまし。
夢羅久　ハハハ、お前には負けたよ。更絹、お前も飲め。

夢羅久、更絹にお猪口を渡し、酒を注いでやる。

更絹、夢羅久にしなだれかかり、艶美な微笑みを向ける。

更絹　ん、おいしい。……ここでは、浮世のことすべて忘れておくんなまし。

夢羅久　浮世、か。おめぇの浮世ってのはなんだろうねぇ。

更絹　わちきたち花魁に浮世なんてあるわけありいせん。夢の中をただゆらゆら漂っているだけでありんす。フフ、あんさまもその夢を見たくてここに来ているだけでありんしょう。

夢羅久　おめぇはいつからここに？

更絹　フッ、もう忘れてしまいした。ここに来る前の記憶なんて、寒かったことしか覚えてありいせん。手も足も胸ん中も凍てつくほど寒くて……。食べ物もなければ着るものもなし。あたしらは文字どおり体ひとつで身売りされてきたんだからねぇ。こん中はあったかかったよ。泣けるほどあったかかったねぇ。

夢羅久　……。

更絹　ごめんなさんし。花魁の浮世話ほど滑稽なものはありいせん。

夢羅久　そんなことはねぇ。もっとおめぇの話、聞かせてくれ。

更絹　フフ、やっぱりあんさまは浮世からは離れられないお方でござんすねぇ。いいですよ。その代わり、今夜も泊まってってくんなんしよ。

夢羅久　ああ。

更絹　うれしい。

夢羅久、更絹を抱き倒す。

一方、夢羅久の家ではおみね、和紙の綴りを読んでいる。

おみね　「『浮世のことなんて忘れてしまいした。ただ、手も足も胸ん中も凍てつくほど寒かったでありんす』そう花魁は涙をこぼすと、およよと太吉によりかかってきた。そうなると、太吉はもうたまらねぇ……」
　あん人が噺のネタ探しに連日連夜、どこさ行ってっか、わがってるっちゃ。んでも、おらは何も言えねぇ。あん人がええ噺作ってくれだら……、ほんでお客さんが喜んでくれだら、おらはいいんだ。いいんだ。いん……。

おみね、そう言いながらも、和紙をくちゃっとにぎりつぶす。

第十四場

畳の間は高座にかわり、夢羅久が噺をしている。

夢羅久　……これは大江田康徳が家臣、加茂野忠義がわたくしめに託した家宝の名刀。わたしの腹をばこの刃で……。

夢羅久の噺の途中にも関わらず、客たちは夢羅久に向かって座布団を投げつけ、野次を飛ばす。
夢羅久は噺を続けることができない。

客1　なんでぇい、なんでぇい。こんな噺に木戸銭取りやがって。

客2　そうだ、そうだ。木戸銭返せ。
客1　返しやがれ。
客2　お高くとまってんじゃねぇよ。
客1　冗談じゃねぇやい。

客たちは「最近の夢羅久はどうもいけねぇや」「芝居、観に行ったほうがよっぽどおもしれぇぜ」などと野次を言い続けながら、客席出入り口から出ていく。
夢羅久、憔悴しきった面持ちで座布団を片づける。

第十五場

夢羅久、ふと居酒屋が目に入り、寄って行く。

夢羅久　親爺、酒。
親爺　へい。
夢羅久　（すぐ飲み干し）もう一杯。
親爺　だんな、もう少し味わいながら飲んでくだせぇよ。
夢羅久　うるせぇ。早く注げ。
親爺　へいへい。
夢羅久　親爺、もう一杯。

親爺　もうですかい。だんな、酒ってのはね、がばがば飲んだってちっともうまかないもんですよ。ちびっちびっと口に含んでね、こう口ん中で転がすように味わってこそ……。

夢羅久　ごだごだうんちくたれてねぇで、注げ。

親爺　わかりましたよ。……ああ、もったいない、もったいない。

夢羅久　もう一杯。

親爺　だからね、だんな……。

夢羅久　注げ。

親爺　へいへい。

夢羅久、飲み干す。
親爺はその後も言われるままに注ぎ続け、夢羅久は泥酔していく。

第十六場

夢羅久、泥酔したまま、家に帰って行く。
おみねは眠っており、夢羅久、暴れ出す。

夢羅久　おみね。起きろ、起きやがれ。

おみね　ちょ……ちょっとやめてください。あなた。

夢羅久　うあー。

おみね　あなた、やめて。
夢羅久　なんでだ。なんでだめなんだ。芝居と変わらねぇ、芝居そっくりの噺じゃねぇか。何であっしの噺はつまらねぇんだ。

夢羅久、書き溜めていた和紙を破こうとする。

おみね　だめ。それは、それだけはだめ。
夢羅久　どけ。邪魔するんじゃねぇ。
おみね　自分が信じた噺をするんだって、言ってたじゃないの。自分の作った噺を自分が信じてあげなくてどうするの。
夢羅久　冗談じゃねぇやい。お前に何がわかるってんだい。

夢羅久、おみねを殴り蹴る。
それでも、懸命に和紙を庇うおみね。
と、夢羅久、がくんと倒れて、大きな鼾を掻いて眠り込んでしまう。

おみね　あなた……。

おみね、憔悴しきった面持ちで夢羅久の寝顔を見つめる。
そして、くしゃくしゃになった和紙を大切そうに伸ばす。

おみね　これは大江田康徳が家臣、加茂野忠義が……忠義が……。

おみね、和紙を胸に抱きしめながら声を殺して泣く。次第に夜が明け、うずくまったまま眠ってしまっている。

夢羅久、目覚めると、和紙を握ったまま眠っているおみねに気づき、そっとおみねの頬に触れようとするが、やめてしまう。

かわりに酒に手を伸ばして飲み始める夢羅久。

おみねが目覚めると、朝から飲んでいる夢羅久に驚き憤慨する。

おみね　あなた。なに飲んでいるんですか。
夢羅久　うるせぇ。
おみね　最近のあなたは……。一体どうしてしまったんですか。
夢羅久　もう誰もあっしの噺なんて聞いちゃくれねぇんだ。噺なんて考えたって無駄なことさ。
おみね　（夢羅久から酒を取り上げ）聞いてくれないなら、聞いてくれる噺をすればいいじゃありませんか。ネタを探しに行ってください。
夢羅久　（おみねにすごんで）なんだと。行っていいのか、おみね。あっしがどこでネタ探しているのか、わかってんじゃねぇのかい。
おみね　あなた……。
夢羅久　はん、おめでたい奴だな。行ってもいいんだぜ。え？　今から行こうかい。
おみね　……それが、あなたの噺のためになるなら、あたしはとめません。
夢羅久　（顔が強張りつつ）フフ、そうかい、そうかい。それじゃあ出かけるとするか。その言葉、よく覚えておくんだな。

夢羅久、ふらふらと立ち上がると、出ていく。
おみね、悲しみに打ちひしがれ、床にへたりこむ。
そこへ居酒屋のおやじがやってくる。

居酒屋　へぇ、すんません。
おみね　は、はい？　何か。
居酒屋　へぇ、ご主人のつけをいただきに……。へぇ。
おみね　それはすいません。でも……、生憎今手許に……。必ずお支払いいたしますので、今日のところは……。
居酒屋　そりゃ参っちまいますなぁ。旦那さん、「男ざかり」ちゅう幻の酒をがばがばっと一升も飲み干しちまいましてね。あっしはちびちび口ん中転がすように味わって飲めって言ったんですよ。だけどご主人はこうがばがばっとね。
おみね　誠にあいすいません。
居酒屋　いえね、いいんですがね。うちとすりゃ、商売繁盛でけっこうなんですがね。あれじゃあ飲まれる酒の方もつれぇんじゃねぇかなぁなんて。「がばがばっ」、「がばがばっ」、ですからね。
おみね　はぁ、誠にもって……。
居酒屋　まぁ、そういうことで、ざっと一両二分。
おみね　い、一両二分？　そば一杯一六文のご時世ですよ。
居酒屋　なんてったって、「男ざかり」ですからねぇ。
おみね　はぁ、わかりました。必ず近いうちに……。とりあえず今日はどうか、これで。

おみね、財布の中の小銭をすべて渡す。

居酒屋　しかたありませんなぁ。じゃあ、近いうちにお願いいたしやすよ。
おみね　はい。すいません。ありがとうございます。

おみね、おやじを低姿勢で見送る。
おやじは「がばがばっ、がばがばっじゃいけねぇ」とつぶやきながら立ち去る。
おみね、空になった財布を見つめる。

暗転。

第十七場

岡場所。
おかみ、男に酒を注ぎ、話相手になっている。

おかみ　ホホホ、ここだけの話ですけどね、今日の娘、今夜が初めてなんですよ、旦那。
男1　お、そ、そうなのか？
おかみ　ホホホ、そりゃあね、こんな娘がいたんだって、私もびっくりしてしまったような、器量良しでねぇ。旦那、今日はついてますよぉ、オホホホホ。

男1　ウヒヒヒ。

と、おみねが神妙な面持ちで現れる。
おみね、うつむいたきり、何も話せない。

おかみ　オホホホ、旦那を前に緊張しちまっているのかい。かわいいねぇ。……それじゃ、あたしは、これで。おみね、頼みましたよ。

おみね　は、はい。

おかみがいなくなると、おみねはどうしたらよいかわからず、手持ちぶさたになる。
男は、その初々しさがたまらないかのように、舌なめずりしてじっと見つめている。

おみね　あ、お酌でも。

男1　うむ、うむ。

おみね、酒をこぼしてしまう。

おみね　すいません。

男1　よいのじゃ、よいのじゃ。

男はこぼした酒を拭こうとするおみねの手を取る。

おみね　あ、あの……。
男1　ん？　なんだね。
おみね　い、いいえ。暑くはないですか？
男1　いや。
おみね　じゃ、じゃあ寒くはないですか？
男1　いや、大丈夫。
おみね　じゃ、じゃあ、お腹空いてはいませんかぁ？
男1　すいとらん。
おみね　じゃ、じゃあ……。

おみねの口を抑える男。

男1　フフフ、うい奴だ。

男1、おみねに覆い被さろうとする。おみね、思わず後ずさり、畳の間の下手側の下に。
しかし、そこで男につかまってしまう。
一方、夢羅久は更絹ともつれあうように抱き合いながら上手側に現れる。
夢羅久は泥酔しており、更絹を荒々しく抱いている。
別々の人と抱き合いながら、おみねと夢羅久の目線が絡み合う。

更絹　あんさま、痛い……、放しておくんなまし。あんさま！

更絹、夢羅久を突き放す。
夢羅久、卑屈な笑いを浮かべながら座り込む。
更絹、そんな夢羅久の背中にそっと触る。

更絹　冷たい……。手も足も、心ん中も、冷え切ってありいす。かわいそうな人。
夢羅久　黙れ。

夢羅久、更絹を抱こうとするが、更絹はすっと離れる。

更絹　かわいそうな人。今に凍っちまうよ。わちきたちを食いもんにして、女を食いもんにして。あんた今まで女に惚れたことないだろう。ククク。
夢羅久　更絹？
更絹　アハハハ、かわいそうな人。
夢羅久　更絹！

夢羅久、更絹を掴もうとするが、すりぬける。
いつのまにか夢羅久は夢か幻の世界にはまっている。
彼方におみねが男に抱かれている姿も見える。

夢羅久　おみね。

更絹の甲高い笑い声と、おみねの悶えている姿。
二つの幻想が交錯し、夢羅久は発狂しそうになる。

夢羅久　おみねー。

夢羅久、頭をかかえてしゃがみこむ。
更絹が退場し、夢羅久の幻想は消える。
一人、呆然と立ちつくす夢羅久。
一方、岡場所の男もおみねから離れて退場。
情事の後のやつれ果てたおみねが、呆然と空を仰ぎ見ている。
夕焼け空におみねと夢羅久の姿が、儚げに浮かび上がる。

第十八場

そこに可楽が可丸と可志久を引き連れてやってくる。

可志久　アニさん。久しぶりじゃないっすか。

夢羅久、可楽をちらりと睨むとそのまま通り過ぎようとする。

可楽　夢羅久。最近高座にまったく上がっていないようだな。出ていった時の勢いはどうした。え？

可丸　へへ、アニさんの高座は客の半分が寝ているか、怒って木戸銭を踏み倒して帰ろうとするか、どっちかだそうっすよ。

可楽　お前を使おうなんていう寄席はもうないだろうよ。だから、言わんこっちゃない。その場限りのつまらん噺でもな、落語は笑えればいいんだよ、笑えれば。

夢羅久　あんたは間違っています。今の噺じゃ、いつか客は離れていく。もっと話の展開に深みのある、人情の見え隠れするようなもんが噺にも必要なんでぃ。あっしは師匠ならわかってくださるんじゃねぇかと、ずっと思ってやしたのに……。

可楽　お前のが人情の噺だと？　ハッ、笑わせるな。お前に人の心が話せるのか。今のお前の噺はな、ただ芝居を真似ているだけだ。心のねぇ芝居まがいじゃあ、芝居小屋に行った方がよっぽど面白いだろうよ。今のお前はな、わしの内容のない即興噺以下なんだよ。

夢羅久　……失礼しやす。

可楽　おみねはどうしてる。お前のために苦労しているんじゃないのか。

夢羅久　……。

可楽　あの娘を離してやれ。お前の道連れにすることはない。

夢羅久、無言のまま歩き出してしまう。

可楽　やれやれ、おみねも不憫な奴よ。

可楽、溜息混じりに立ち去る。
可志久は夢羅久のことが気になってしかたがないというように振り返りつつ、可丸にうながされ可楽についていく。
夢羅久、立ち止まると、悔しそうに立ち去った可楽の方を振り返って見る。

第十九場

畳の間は夢羅久の家となる。佇んでいたおみね、夢羅久が帰って来ても、気づかない。

夢羅久　おい。
おみね　あ、あら、おかえりなさい。
夢羅久　疲れた。飯。
おみね　は、はい。

おみね、動かない。

夢羅久　なんだ。
おみね　あなた。

おみね、小判二、三枚を夢羅久の前にすっと差し出す。

夢羅久　どうしたんだ、こんな大金。
おみね　これでもう一度高座に上がってください。
夢羅久　おみね。
おみね　これだけあれば、数日間寄席を借り切ることもできるでしょう。もう一度あなたの噺を作ってほしいんです。
夢羅久　……これはどうしたんだ。
おみね　そんなこと……、どうでもいいじゃないですか。
夢羅久　おみね！
おみね　……。

夢羅久、すべてを察し、小判を床に投げつける。

夢羅久　お前は……、ば、馬鹿が。馬鹿もんが。客を呼べねぇ今のあっしを高座に上げてくれる寄席なんざどこもねぇんだ。金の問題じゃねぇ。なのに、おめぇは……。

夢羅久、おみねを叩き続けながら、そのまま二人とも嗚咽し、抱き崩れる。

おみね　……あたしは、あなたの何なんでしょう。
夢羅久　おみね……。
おみね　あたしは、あたしの魂、捨てました。
夢羅久　な……。

おみね　あなたが噺家として大成するなら、あたしはそれでいいんです。このお金はあなたの好きなように使ってください。いつかきっと、きっと高座に立てますから。
夢羅久　……。
おみね、ばらまかれたお金を集めて、夢羅久の手に握らせる。
夢羅久　気にいらねぇ。あっしは……、あっしは……。くそ。
夢羅久、荒々しく出ていく。一人取り残されたおみね。
おみね　これでいっちゃや。きっと。きっと……。

第二十場

そこは岡場所になる。

おみねは男1が現れては抱き合い、また別の男2が現れては抱いていく。

その間におみねは派手な着物を羽織り、次第におみねから初々しさが消え、男たちをあしらう妖艶な女郎へと変わっていく。

おみね、女郎としての貫禄を覗かせ、後れ毛を整える。

と、再び客が現れる。

おみね、妖艶な笑顔で振り返ると、客は可志久であった。

可志久　おみねちゃん。
おみね　可志久さん。
可志久　どうしてこんなところに……。
おみね　……驚いた？　フフ、もうだいぶ前から始めててね。けっこう板についてきたのよ。まさか、可志久さんが客に来るなんて、ね。……座ったら？

可志久、無言で座る。

おみね　みんなは元気？
可志久　……ああ。
おみね　フフ、可楽師匠は相変わらず怒鳴っているのかしらね。なんだかあの頃が懐かしいわ。あの頃可志久さんったら……。
可志久　おみねちゃん。アニさんかい？　アニさんに言われてこんなところに。
おみね　違う。あたしが決めたことよ。あの人は、こんなあたしを軽蔑している。
可志久　だったら……。
おみね　だったら、どうやって生活していけっていうの！　あの人は望むと望むまいと、湯水のように使っていくのよ。あの人は汚れたあたしを殴りながらも、決して止めはしない。毎日毎日あたしの帰りを、あたしの持って帰るお金を待っているのよ。
可志久　おみねちゃ……。

おみね　ごめんなさい。どうしてこんなこと……。忘れて。
可志久　いいんだよ。
おみね　自分で決めたことなのに……。
可志久　わかったから……。

可志久、おみねを抱きしめ、優しく撫でてあげる。

おみね　フフ、可志久さん、変わってない。三笑亭にいた時も、いつも助けてくれたわよねぇ。可楽師匠にはいつも怒鳴られていたけど、楽しかったぁ。
可志久　おみねちゃん。

見つめ合う二人。

おみね　……いいのよ。

可志久、躊躇してしまう。
そして、おみねを突き放すと、金銭をおみねに渡し、

可志久　おいらにはできないっす。ごめん。

可志久、出ていく。

おみね　フフ、フフフ。

おみね、悲しくて笑うしかない。

一転して、夢羅久の家となる。
と、酔っ払った夢羅久が帰ってきて、おみねに抱きついてくる。

夢羅久　今日は早く帰ってきてやったぜ。
おみね　やめてください。すぐ食事にしますから待ってて下さいな。
夢羅久　なんだよ。他の男と寝るようになったら、あっしはお払い箱かい。

夢羅久、おみねを倒す。

夢羅久　冷たくしないでくれよ、おみね、おみね。
おみね　お願い、勘弁して。やめ……。

おみね、抗うが、そのうちなされるままになっていく。

おみね　いづのまにか、おらだちは歯車が一つ狂ったみでに、どんどん、どんどん離れていった。抱いでも、抱がれでも、おらだちはいっつも一人っきりでどごがさ、向がってる。夢羅久さんは、どごさ向がっているんだべ。おらはどごさ向がっているんだべなぁ？　わがんねぇ。おらにはわがんねぇ……。

夢羅久、静かに去っていく。

おみね　どごに行ぐのっしゃ？　夢羅久さーん。どごさ、行ぎでぇのっしゃ。夢羅久さーん。

おみね、夢羅久の姿を探して、あたりを見回す。

おみね　夢羅久さーん。

そこは、岡場所となる。
可志久が入って来ると、おみねの体を揺する。

可志久　おみねちゃん、おみねちゃん。
おみね　あ。
可志久　うなされてたよ。
おみね　あたし、夢を……。
可志久　ん、呼んでた、アニさんの名前。
おみね　……ごめんなさい。
可志久　ハハハ、なんで謝るのさ。
おみね　……可志久さん、いつまでもお金続かないでしょう。いいのよ、ただ話をするためだけにこんなところに来なくても。
可志久　そんなこと、おみねちゃんが気にすることないっすよ。おいらが来たくて来てるだけなんだから。
おみね　……。
可志久　それにね、今日はおみねちゃんに話したいことあって、来たんだ。
おみね　あら、なに？
可志久　おいら、駿河の田舎に帰ろうかと思ってるんだよ。
おみね　駿河って、あの、箱根の山を越えた先の……。
可志久　ああ。
おみね　そんな遠いところに……。
可志久　おいら、噺家には向いてないって、ほとほとわかったんだよ。そろそろ潮時かなって。
おみね　そう。
可志久　……一緒に来てくれねぇか。
おみね　え？
可志久　きっと大切にするよ。幸せにするからさ、おいら。
おみね　ごめんなさい。あたし……。
可志久　今、おみねちゃんは幸せなのか。
おみね　……幸せよ。
可志久　そんな風にはとても見えねぇよ。こんなところで働かされちまってよ、すっかり瘦せこけちまって。おいらの知っているおみねちゃんは、もっと弾けてて、どーんと迫力があって。初めておみねちゃんを見た時、おいら、なんてすげぇ子なんだろうっておったまげたんだぜ。

おみね　……。

可志久　おいら、おみねちゃんを変えちまったアニさんが憎いよ。

おみね　やめて。私が好きであの人の側にいるんだから。あたしの夢は、夢羅久さんの噺そのものなの。夢も噺も失ったら、あたしは生きていけない……。あの人の側にいられるだけで、あたしはいいの。

可志久　……。

おみね　ごめんなさい。可志久さん。

可志久、諦めて去ろうと立ち上がる。

が、立ち去れない。

可志久、もう一度おみねの元に走りより、おみねを抱きしめる。

可志久　だめだ！

おみね　可志久さん？

可志久　これ以上アニさんといたら、おみねちゃんが壊れちまう。アニさんと別れてくれ。

おみね　できないわ。

可志久　できなくてもいい。とにかく、江戸から離れるんだよ。そうすりゃ……。

おみね　だめよ。どんなに離れたって、あの人からは離れられない。あの人を忘れることなんてできない。

可志久　目を覚ましてくれよ。おみねちゃんは利用されているだけなんだよ。本当に大切なら、こんなところにおみねちゃんをやるわけがないだろう。

おみね　あたしたちのこと、可志久さんにはわからないわ。あの人はあたしがいなきゃなんにもできない人なのよ。だからあたしは……。
可志久　そうおみねちゃんが思いたいだけなんだろう。アニさんはおみねちゃんがいなくたってなんとも思わないさ。

おみね、顔色がさっと変わる。

おみね　……ひどいこと言うのね。他人のあんたにそんなこと言われたくない。
可志久　おみねちゃん。
おみね　そんなこと……、わかってた。でも、言われたくはなかった。認めたくなかったのに……。

暗転。

第二十一場

宿屋。
外は激しい雨が降っている。
旅装束姿の可志久とおみねが、雨をしのぐようにやって来る。

可志久　とんだ天気にぶつかっちまったな。今日はここで休むとしようか。

おみね　ええ。

濡れた着物を拭きながら、部屋に入る二人。
おみね、痛そうに足をさする。

可志久　歩きすぎたんだろう。どれ。

可志久、おみねの足をさすってやる。

おみね　ありがとう。……可志久さん。
可志久　あ、いや……。

可志久、照れてしまって、なんとなく気詰まりになる二人。

可志久　ハハ、ほんとすごい雨だね。
おみね　ええ。
可志久　……。
おみね　……。
可志久・おみね　あの……。
可志久　あ、何？
おみね　ううん、可志久さんは？

可志久　いや、べつに……。
おみね　……。
可志久　……。
おみね　可志久さん。
可志久　は、はい。
おみね　（ぷっと吹き出す）おかしいわよ。私たち夫婦になるんですから。もっと自然に振る舞ってください な。
可志久　ハハ、そうだね。ほんとだ。

微笑み合う二人。
と、お膳が運ばれてくる。
おみね、お膳を受け取ると、お膳の中に茄子の漬物があるのを見つけ、顔色を変える。

おみね　茄子の……漬物……。
可志久　お、そうだな。うまそう。
おみね　そ、そうね。
可志久　うちのおっかぁが漬ける漬物は天下一品なんだぜ。うち、兄弟が六人もいるだろう。毎朝漬物取り合って大騒ぎになってさぁ、よくおっかぁに叱られたたっけ。
おみね　うちもそうだったわ……。
可志久　へぇ。
おみね　……可志久さんといると、ほっとする。

可志久　え？
おみね　考えていることとか感じることが同じなのよね、可志久さんとは。
可志久　おみね……。（おみねを抱き寄せ）絶対おみねを幸せにする。誓うよ。
おみね　可志久さん。
可志久　おみね……、おみね……。

可志久、激しく愛撫し始めるが、おみねは無表情のまま。

虚ろな眼差しで天井をボーっと見つめている。

おみね　一つ……、二つ……、三つ……。
可志久　ん？
おみね　穴が……、天井にたくさん……。
可志久　え？
おみね　あ、……ごめんなさい。あたし……。
可志久　おみね……ちゃ……ん。

可志久、おみねから体を離す。

おみね、無意識のうちにとんでもないことを言ってしまったと気づいたが、どうしたらいいかわからない。

そっぽを向いたままの可志久。

おみね、可志久に触れようと手を伸ばすが、触れることができない。

雷の音が鳴り響く中、身じろぎもせず、うなだれている二人。

明かりは消え、次第に豪雨の夜が更けていく。
その中おみねは部屋から出ていく。
可志久は動かない。
夜が明けていくと共に、次第に晴天が広がる。
一人佇んでいる可志久。
意を決したように、旅仕度を始めると、一路実家に向かって、出発する。

暗転。

第二十二場

夢羅久の家。
座禅を組んでいる夢羅久。
そこへおみね、両腕に茄子を抱えてそろりと入って来る。
座禅を組んでいる夢羅久に声をかけられない。
と、抱え持っていた茄子を落としてしまう。

おみね　あ。
夢羅久　おみね!
おみね　あ、あたし……。

おみね、夢羅久に何と言おうか、言いまどろむ。
夢羅久、無言で近づくと、茄子を拾い、おみねに手渡す。

夢羅久　腹がへった。……お前の漬物が食いたい。
おみね　は、はい。……はい。
夢羅久　おみね。
おみね　はい。
夢羅久　……決めたよ。
おみね　え？
夢羅久　焉馬師匠のところへ行く。
おみね　ええ？
夢羅久　もう一度……やり直してみる。
おみね　夢羅久さん。
夢羅久　久しぶりに心の底から噺がしてえって思えるんだ。もう一度高座に上がって、あっしの噺をみんなに聞いてもらいてえって。

おみね、感無量に何度もうなずく。

第二十三場

おみねと夢羅久、焉馬の家を訪ね、焉馬に頭を下げる。

焉馬　久しぶりじゃのう。
夢羅久　はい。
焉馬　フフ、だいぶ荒れておったようじゃの。
夢羅久　お恥ずかしい限りです。夢羅久、きょうは一世一代の想いでやってまいりました。どうかこの夢羅久を弟子にしてくだせぇ。
焉馬　ほぉ？
夢羅久　今の一日噺だけではいつまでたっても、芝居を越えることはできねぇ。そこで一五日一興行として、続き噺をするんです。一五日かかる長編の噺。だから登場人物も多くして、複雑な筋を展開させやす。続きが見たけりゃ次の日も来るでしょう。落ちだけじゃねぇ。噺そのものの魅力を一五日かけてじっくり聞いてもらいてぇんです。
焉馬　ふーむ。
夢羅久　今までのあっしの噺は、フッ、芝居の影、追っかけてたにすぎませんでした。芝居を真似たって感動するわけがねぇんでさ。それがよっくわかりやした。噺だからこそ、人の生き様が浮かび上がってくる。素直に泣き笑いできる。そんな噺をあっしは作ってみせやす。
焉馬　夢羅久、お前……。
夢羅久　おねげぇします。焉馬師匠の元でもう一度あっしを鍛え直して下せぇ。

おみね　お願いいたします。
焉馬　ハハハハ。
夢羅久　焉馬師匠。
焉馬　やってみなさい。続き噺、面白そうじゃないか。
夢羅久　ありがとうございます。
おみね　ありがとうございます。

夢羅久とおみね、手に手をとり喜び合う。
焉馬は退場。

第二十四場

夢羅久とおみねが歩き出すと、通りの向かいから可楽がやってくる。
夢羅久、立ち止まり、深く一礼する。

可楽　夢羅久。まだしぶとく生きておったのか。
夢羅久　はっ……。
可楽　聞いたよ。続き噺とやらをやるそうだな。
夢羅久　はい。
可楽　お前のこちゃこちゃこねくりまわした噺で、最後まで客が食いついてくるかのう。

夢羅久　はい。途中で客が噺に飽きちまったら、あっしの度量不足でございやす。
可楽　……フッ、お前も変わったみたいだな。
夢羅久　……。
可楽　聞きに行かせてもらうよ。

夢羅久、可楽をはっと驚き見る。
可楽は優しい目で夢羅久に微笑んでいた。
夢羅久、去っていく可楽の背中に向かっていつまでも深く頭を下げる。
おみね、目頭を熱くさせ、夢羅久を見つめる。

第二十五場

畳の間は夢羅久の家にかわり、
夢羅久、苦い顔つきで金の勘定をし始める。

夢羅久　おみね。高座ん時の背景の絵をな、歌川先生にお願いできそうなんだが、また都合つけてくれねぇか。
おみね　はい。
夢羅久　すまねぇな。
おみね　あなたは噺のことだけ考えていてください。さ、焉馬師匠のお宅にお伺いする時刻じゃ。遅れないで下さいな。

夢羅久　ああ。

おみね、夢羅久の仕度を手伝い、送り出す。

幸せそうに夢羅久を見送るおみね。

と、突然吐き気をもよおす。

おみね　まさか……、そんな……。

おみね、自分の腹部を抑え、呆然と立ち尽くす。

と、卓上の小銭が目に入り、そっと触る。

手の中のお金とお腹の中の子供。

おみねはそれぞれの重みをかみしめ、苦悶する。

しかし、意を決したように立ち上がると、歩き出す。

第二十六場

川の前。

おみね、寒さに顔を歪めながらも、流産させようと川の中に入っていく。

しかし、苦しそうに川から這い出てくる。

おみね　ああ、ごめんね……ごめんね……。やっぱりだめよ……、殺せな……。

おみね、腹を抱きかかえ、泣き崩れる。

暗転。

第二十七場

夢羅久の家。
夢羅久、僅かな小銭しか入っていない財布を不機嫌そうに見つめている。

夢羅久　おみね。
おみね　は、はい。
夢羅久　今日歌川先生に一席設けると言ったはずだが。
おみね　すいません。

おみね、うつむいたきり黙っている。
夢羅久はイライラを募らせ、怒鳴る。

夢羅久　おみね。

おみね、とっさにお腹を庇って縮こまる。

夢羅久　まさか。お前……。

おみね　ええ。

おみね、まっすぐ夢羅久を見つめると、夢羅久は目をそらす。

おみね　あなた？

夢羅久　……ちょっと出てくる。

おみね　あなた！

夢羅久、ふらふらと立ち上ると、出ていく。

おみね、愕然と崩れ落ちる。

第二十八場

夢羅久は居酒屋に入る。

夢羅久　おやじ、酒。

夢羅久、一気に飲み干す。

親爺　だんな、久しぶりですねぇ、その飲みっぷり。

夢羅久　うるせぇ、注げ。

親爺　へいへい。やっぱり酒はがばがばっといかねぇといけませんぜ。ねぇ。

夢羅久　やけに今日は素直だな。

親爺　へへへ。そういう旦那こそ、今日はやけに大人しいですねぇ。

夢羅久　フン。……（ぼそっと）ガキなんざ鳥肌が立っちまう。

親爺　？　そうですかい？　まぁ、かかあなんてな、うるせぇもんですがね、子供の笑った顔を見たら、あっしはもう疲れも吹っ飛んじゃいますがね。

夢羅久　あっしみてぇなクソガキが生まれると思ったら寒気がしてくらぁ。

親爺　ハハハ。そりゃそうかもしれませんねぇ。

夢羅久、ぎろりと親爺を睨む。

夢羅久　フッ。そりゃそうだ、よなぁ。

夢羅久、荒々しく酒を飲み続ける。

第二十九場

畳の間は岡場所となる。
おみね、意を決したように立ち上がり、男2がやってくると、相手をする。
男2がいなくなり、おかみが入って来る。

おかみ　あんた、金が欲しいのはわかるけどね、そんな荒っぽい稼ぎ方してたら、終《しま》いに体、壊しちまうよ。
おみね　これぐらい、大丈夫です。
おかみ　そういったって、顔色が真っ青じゃないか。そんなんじゃ、客の方が引いちまうよ。
おみね　あたし、病なんて持っちゃいませんから。ちょっと休めばすぐ元気に……。
おかみ　ふん、あたしゃ知らないよ。
おみね　う……。

おみね、腹を抑え、倒れる。

おかみ　あんた、どうしたんだよ。あんた。
おみね　お腹……、赤ちゃん……。
おかみ　あんた、腹ぼての体で、こんな仕事してたのかい。馬鹿じゃないのかい、ええ。
おみね　いいんです。あの人の重荷になるわけには……。

おかみ　黙ってな。今医者を連れてくるからね、ちょっと待ってな。
おみね　おかみさん。（おかみを制して）あたしのことはいいんです。それよりも、今まで働いた分のお金、下さい。
おかみ　何を言ってんだい。死んじまいたいのかい、お前さん。
おみね　行かなきゃ、今のうちに行っておかないと……。
おかみ　あんた……。

おみね、おかみが止めるのも聞かず、歩き出す。

第三十場

おみね、焉馬の家に辿り着くと、倒れ込む。

焉馬　どうしたんだね、おみねさん。

おみね、焉馬に風呂敷包みを差し出して広げると、中には小判が数十枚入っている。

おみね　このお金であの人の興行を打たせてやってください。
焉馬　こんな大金……。
おみね　どうか夢羅久をお頼申します。あの人を、夢羅久を、江戸一の噺家にさせて下さいまし。

おみね、深々と頭を下げると、去っていく。

そこへ夢羅久が茄子を両腕一杯抱えてやってくる。

夢羅久　すいやせん、おみねはこちらに来ていませんでしょうか。

焉馬　おお、夢羅久。つい今しがた、おみねさんがこんなものを……。

夢羅久　おみね。

夢羅久、金を見て顔色を変える。慌てて表に出るが、おみねの姿はもうない。

夢羅久　おみねー、おみねー。どこに行ったぁ。おみねー。

夢羅久、発狂気味に探し回る。

一方、おみねは腹を抱えながら、痛々しく歩いている。

痛さに堪えきれず倒れると、流産する。

おみね　ごめんねぇ、ごめんねぇ、守ってやれなぐって。悪いおっかぁだね、悪いおっかぁだぁ。

夢羅久　（小判を床に投げつけ）こんなものはいらねぇ。いらねぇんだ。おみねー。

おみね　おっかぁももうすぐあんだどこさ行ぐがら。もうちょっと待っててけさいん。もうちょっとで会えっから。あんだのごとさ、ぎゅっと抱いであげっから……。

夢羅久　おみねー。もうすぐじゃねぇかぁ。もうすぐ高座に上がれるんじゃねぇかぁ。お前がいなくてどうする。おみねー。

おみね　ああ、夢羅久さんの声さ、聞こえる。フフ、あんだのおとっつあんだよ。聞こえだがぁ？ ええ声だ。おらは幸せだぁ。幸せだったぁ。おとっつあんの噺さ、もうすぐ、もうすぐ聞けっからなぁ。大太鼓がどどんと響いてさぁ……。

大太鼓が響き渡る。

おみね　お客さんがどんどん集まって、寄席ん中いっぺぇになって……。

バックに「朝寝房夢羅久」の派手な後ろ幕が垂れ下がり、次第に華やかな寄席場へと場面転換していく。

おみね　拍手喝采ん中、朝寝房夢羅久が高座に上がってくんだよ。

寄席となった畳の間に、りりしい姿の夢羅久が拍手喝采の中、高座に上がって来る。

おみね　フフ、あの人ってば、普段とまるっきし顔づきが変わって、男ぶり良ぐ見えるっちゃ。江戸一の噺家さんだべっちゃ……。

夢羅久　本日はお忙しい中、誠にありがとうございます。本日より一五日間、聞いていただきてぇ噺がありやす。「なに、一五日も聞いてられっか」なんて、そこのかわいいお嬢さん、あっしに蹴りいれて帰らないでおくんなさいよ。

軽い笑いが起こる。

夢羅久　えー、この度初めてやらせていただく続き長物語。聞かせてやりてぇ女がおりやした。そいつはひょんなことであっしの前に現れましてね。

「師匠。おらを弟子にしてけさいん」

「女の分際で何を言っとるか。帰れ、帰れ、帰れ」

「んでもおら、噺ば聞いだ途端体中がほでって痺れだみでに動がなぐなってぇ、寝ても覚めでも噺がぐるぐる頭ん中回っで、気がついたらここに来でたんでがす。弟子にしてくださるまでは、おら何としても帰らねぇ。師匠のためなら肩揉みでも芋掘りでも井戸掘りでもなじょな仕事だって……」

これがまたよくしゃべる女でねぇ。

おみね　ああ、見えるっちゃ、夢羅久さん。見える。あんだの高座、笑いで沸き返ってる。いがったなぁ、あんだ、いがったなぁ。夢羅久さ……ん。

おみね、息を引き取る。

夢羅久　うるせぇ女だと思っていたのに、そういう奴に限っていなくなっちまうと妙にさみしいもんでねぇ。気づいたらあっしにとっちゃ、なくちゃならねぇでぇじな女になってやした。気づくまでに何年かかっちまったんだか……。お笑いくだせぇ。だけどね、そりゃあっし一人のせいばかりじゃあないんですぜ。それもこれも、あいつの特異な性格のせいと申しましょうか。ある朝なんて、あっしが寝ていると、そいつぁ突然布団を剥ぎ取って……。

朝寝房
夢羅久

「文化九年。朝寝房夢羅久はこの会を機に長物語人情噺の祖と言われ、名人上手と称えられるようになった」

というテロップ（幕）が流れ、静かに幕、閉じる。

◎戯曲ノート『夢も噺も――落語家　三笑亭夢楽の道』

戯曲『夢も噺も』が生まれるまで

『夢も噺も』は今から七年前、私が初めて映像用のシナリオとして書いた作品です。当時はまだ松竹シナリオ研究所を卒業したばかりで、シナリオというものがどんなものなのか、本当の意味ではまったくわかっていないままに情熱だけで突っ走って書き上げてしまったものです。しかし、今回舞台化したいというお話をいただき、舞台用の戯曲に書き直すことになったのでした。

今回の戯曲『夢も噺も』は七年前の作品とは少し異なったものになっています。同じテーマ、同じキャラクター、同じ設定ですが、この七年の間で私自身を取り囲む環境も価値観も大きく変わり、作品に対する姿勢が変わってしまったこともありますし、技術的な面でもこの数年間で得た数々の教訓を踏まえて書き直すことができたと思っています。シナリオの第一稿から戯曲『夢も噺も』が生まれるまでの七年間は、私が右往左往しながら脚本の書き方を模索してきた年月だともいえます。シナリオはとにかく書く。書きまくる。「シナリオはこう書くものだ」と勉強したことよりも、「こう書いてはいけない」という失敗作をたくさん書いていくうちに、少しずつわかってきたように思います。

どんな素材でどんなテーマで何を書くかは、私の精神的な部分の問題ですが、一旦何を書くか決めたら、そのことを観客に面白く、感動的に伝えられるかどうかは、構成などの技術力の問題になります。いい作品を書くためには、そのどちらが欠けてもだめだということを、シナリオを書くたびに思いしらされてきました。技術力がなければ、どんなにすばらしい想い（テーマ）でも他人（観客）に伝えることができないし、想いが軽くて陳腐なものなら、どんなにすばらしい構成を考え出しても伝える価値がなくなってしまいます。

テーマの力

オリジナルの作品を書く場合は、自分が書きたいものを自由に書けるのですが、これが逆にクセモノかもしれません。「これを書こう」と決める前に「本当に私はこれを書きたいと思っているの？・」とじっくり自分自身に問いかけてみる必要があると思います。自分が心の底から本当に書きたいと思っていなくても、巷にはけっこう面白いネタが転がっているものです。雑誌や新聞、人の噂話の中で「あ、これは使える」なんて思って安易に書き始めてしまうと、とりあえずシナリオの形には整いますが、「自分にしか書けない作品」「自分だからこそ書けた作品」には決してなってくれません。つまり、どこかで観たことがあるようなアイデア倒れのつまらない話に終わってしまうのです。

これまで何本か軽い気持ちで選んだネタで脚本を書いてしまったことがありますが、すぐにシナリオの指導を受けている先生方には、ばれてしまって「自分のもんになっていないネタを使うんじゃない。同じもんを山田太一が書いたらもっと面白くなるぞ。山田太一には書けないもんをお前が書かなくてどうする」と厳しく叱責を受けたものです。

「私にしか書けない世界」を常に意識して追求しながらテーマや素材を選ぶこと。それが面白い脚本になるかどうかの最重要ポイントではないでしょうか。

では、「私にしか書けない世界」とは何なのか。今はたいていどんなテーマも素材も既にドラマになっているし、新しいドラマなんてあるのだろうかと思ってしまいがちなのですが、私だけが経験したこと、私だけが感じた想いをリアルに詳細に素直に見つめて書く……、そんなシンプルなことを心がけるようにしています。

私がこの『夢も噺も』を書くきっかけとなったのは、二十代初期の頃の大失恋でした。若いですから、とにかく一途で思い込みも激しくて情熱的でした。相手も煮え切らない人で、近づくと優しく付き合ってくれるものですから、まさにへびの生殺しのような関係が三年位続いたでしょうか。最後の方になると心身ともに疲れきってしまって、「この人が下半身不随になったら私が一生面倒を見て私だけのものになるのに……」とか「この人を殺して私も死のう」などと思いつめてしまったりしました。コワイですね。今思うと、一歩間違えばストーカーになっていたかもしれません。そんな私がストーカーにならずにすんだのは、やり場のない想い、叫ばずにはいられないけれど口にしてもどうしようもない言葉をシナリオに書いて吐き出すことによって自分の精神を保てたからだと思います。あの時の私にとっては相手を殺すか、自分を殺すか、脚本を書くか、の三者択一だったのです。

そうした究極の選択の中で生まれた作品にはやはり「あ、このネタ面白そうだから書いてみよ」と思って書き出した作品とは比べものにならない重みが備わっているはずです。その重み、気迫こそが、技術を越えた大きな力になって「私にしか書けない世界」を作り出せたのだと思います。

技術の大切さ

しかし、シナリオの第一稿はかなりひどいものでした。想いは深いのですが、それを伝える技術がまったくなかったのです。主人公がなぜここで笑うのか、なぜここで泣くのか、その感情の背景となる登場人物たちの「葛藤」を描くことができていなかったのでした。主人公の気持ちがわからないままに、どんどんストーリーだけ進んでいくのですから、読んでいる方は主人公に共感することもできず、感動ウンヌン以前の問題だったと思います。ドラマは人の「葛藤」を描くものだと言われています。その「葛藤」が描かれていないということは、つまり私のシナリオはシナリオになっていなかったということでしょう。

しかも、恋人を殺そうか自殺しようかとせっぱ詰まっている自分の想いをただ吐き出したくて、「これでもかっ」と書き込んでいるわけですから、観客が面白いと思うかどうかまったく考えていない、一人よがりなストーリーになってしまいました。

「こんなもんを見せられたら、帰り道暗い気持ちになるだけだ。誰が二度見たいと思うかね。こういうのをマスターベーションの作品だって言うんだよ」と先生にこっぴどく言われたのを覚えています。ただ自分の想いを文字にしたいだけなら、日記を書けばいいのです。脚本は人に見てもらうために書くもの。そんな当たり前のことを実感した時、私はようやく「シナリオ」を書くことができるようになったのだと思います。

第二稿目は、第一稿とはまったく違うストーリーに変え、その後も十数回書き直しを繰り返し、やっと人様に見せられるレベルのシナリオに仕上げることができました。そして七年の歳月を経て、そのシナリオを読んだ入江謙舟さんから舞台化のお話をいただいたのでした。

『夢も噺も』は私がシナリオとは何なのか考えさせられた、私の原点になる作品です。その作品が舞台化されたことは、本当に幸せなことだと感謝しています。

創作過程

「芸を極めることしか頭にない自分勝手な男に尽くして尽くして身を滅ぼしていく女の愚かさ、哀しさ、そしてそんな女の強さを描きたい」

テーマがそう決まったら、今度はそのテーマに合ったジャンル選びです。現代劇がいいか、時代劇がいいか悩みましたが、時代劇、特に江戸時代は恋愛のタブーが多い時代ですので、タブーがなくなってしまった現代よりも女の情念を描くにはぴったりのジャンルだと思い、時代劇にすることにしました。

しかし武家や宮中の女性ではなく、現代の私たちが身近に感じられる庶民の女性を描きたいと思っていましたので、相手役の男をどんな芸人にするかが問題でした。江戸時代の芸人というと、まず歌舞伎役者が脳裏に浮かびましたが、歌舞伎役者は既に数多くの作品で扱われている職業ですので、今更私が扱っても面白くありません。江戸時代の芸能といえば、歌舞伎の他には能や狂言がありますが、能や狂言は庶民の生活にはあまり馴染みがないものでしたので、それらもなんとなくイメージが合いません。

そんな時ふと、落語は江戸時代どんな状況だったのだろうと思い浮かんだのです。日本の伝統芸能だから落語も当然江戸時代から栄えていただろうと思い、落語の歴史を調べてみると、さにあらず。意外にも江戸落語が今のように寄席で興行を行い、プロの噺家が生まれたのは、江戸も後期、一八〇〇年頃になってからでした。

江戸落語の歴史

江戸落語の祖と言われている鹿野武左衛門《しかのぶざえもん》は、五代将軍綱吉の時代、既に江戸の中橋広小路などの小屋で辻噺《つじばなし》を興行してはいましたが、元禄六（一六九三）年八百屋と浪人の男が武左衛門の小噺を利用して一儲けしようと悪巧みを働き、武左衛門はそのトバッチリを受けて島流しの刑に処されてしまいます。そんな事件のためにその後、噺は幕府から統制を受けることになり、次第に衰退してしまったのでした。

その後再び江戸に落語ブームが訪れるのは、約一〇〇年も経った天明・寛政の時代（一七八一～一八〇一）。大工の棟梁でもあり、足袋屋も営み、文人でもあった初代・烏亭焉馬《うていえんば》は、料理屋の二階などを借りて自作の小噺を披露する会を行うようになり、その会に参加していた初代・三笑亭可楽《さんしょうていからく》は本業の櫛屋をやめて家財一切を売り払い、寄席興行を催し始めました。そのため、三笑亭可楽が江戸ではじめて落語を職業化した人物だといえるでしょう。可楽は機智頓才にすぐれた才能を持っており、聴衆に三つの題を求め、その三題を巧みに組み合わせて即座に口演する「三題噺」を生み出し、寄席演芸の形態を固めることに成功しました。そしてまた、可楽は多数の優れた弟子を育て上げ、寄席興行の全盛時代を作りあげたのです。

中でも、朝寝房夢羅久《あさねぼうむらく》や林屋正蔵《はやしやしょうぞう》、山遊亭猿生《さんゆうていえんしょう》、翁家《おきなや》さん馬《ば》、石井宗叔《いしいそうしゅく》、船遊亭扇橋《せんゆうていせんきょう》、三笑亭可《さんしょうていか》上《じょう》、佐川東幸、猩々亭左楽らは「可楽十哲」と呼ばれ、それぞれ後の落語界の基盤となる一流の噺家となりました。

「可楽十哲」の一人、夢羅久はもともと義太夫を学び、「流俗亭珍重《ちんちょう》」と名乗っていましたが、二七歳の時に三笑亭可楽の門に入り、噺家に転向。「三笑亭夢楽《さんしょうていむらく》」と名乗り、その後名人の域に達して、可楽門下の逸材とまで言われるようになりました。ところが、文化六（一八〇九）年七月、何を思ったか夢楽は勝手に「夢羅久」と書き改めてしまい、可楽の逆鱗に触れて破門されてしまいます。しかし、「朝寝房夢羅久」となった夢羅久は独自の人情噺を作り上げ、文化六年八月二八日には柳橋の大のし富八楼で落語の会を催して大成功を収め、文化九年には烏亭焉馬の門人になって再び披露の会を開き、長物語人情噺の祖と言われるようになるのです。

夢楽とおみねの誕生

まさに享和・文化の時代は落語の創成期であり、噺を職業として確立していくために男たちが自分の噺を追い求めて激しく生き抜いた魅力的な時代だったといえるでしょう。三笑亭夢楽の存在を知った時、「これだ！」と私の中でインスピレーションが広がりました。はじめは当時の落語家の生活を調べるためだけに資料を読んでいたのですが、三笑亭夢楽はまさに私が求めていた理想の生き方を貫いた人物であり、彼を主人公にしたドラマを作ろうと心に決めました。

しかし、夢羅久に関する資料はあまり残されておらず、なぜ夢羅久は可楽師匠から破門される覚悟で改名したのか、彼が長人情噺の祖と言われるようになった人情噺とはどんな噺なのか、私が知りたかった謎は結局わかりませんでした。しかしそのことが返って私の創作意欲を掻き立て、自由にヒロイン「おみね」との恋愛ドラマを創作することができたのです。

「おみね」は架空の人物ですが、おみねのキャラクターは既に私の中で固まっていました。ポイントは決して「弱い女」ではないということです。強くて明るくて元気な女性。自分というものをしっかり持っている女性。それなのにその愛のために身を滅ぼしてしまう。その哀しさ、愚かさを表現するために、おみねは女だてらに落語家を目指す、強くて魅力的な女性という設定にしました。

現代は男より女の方が強くなったと言われ、社会の表舞台でバリバリ活躍するキャリアウーマンも増えています。女が、自分を押し殺して人の言いなりになって生きる時代ではなくなったといえるでしょう。しかし、その一方で「ダメ男」に尽くしたり依存しなくては生きていけない「強い女性」たちが少なくないことも事実です。周囲から見たら「さっさと別れてしまえばいいのに」と思えても、なかなか別れることができない。一緒に生きていくのは辛いくせに、別れることはもっと辛い。人を愛する心ほど摩訶不思議なものはありません。

周囲からは男に翻弄させられた不幸な女に見えても、本人はその生き方に幸せを感じている場合もあります。一見愚かに見えても、過酷な日々を送っていても、本人が幸せか不幸せか、他人が決めつけることはできないのです。幸せかどうかは本人だけにしかわからない。他人がどんなに不幸な道だから止めろと言っても流されず、自分が幸せだと感じられることを大切にする。そういう信念を持って、自分の生き方を貫ける女性こそ、真に「強い女性」だといえるのではないでしょうか。

時代設定は江戸時代ですが、現代にも通じる普遍的なテーマだということを確信しつつ、おみねという女性を作り上げることにしました。

構成の重要性

テーマが決まり、キャラクターが決まり、江戸時代の落語界を舞台にするというシチュエーションも決まり、ようやくストーリーを固める段階に入りました。そして、そのストーリーをシナリオという形に組み立てるために、構成を考え始めます。脚本書きで一番重要で大変なのが、この構成を考えることです。ここでしっかり悩み、検討した上で構成を決めておかないと、あとでシナリオを書き始めた時に大失敗してしまいます。よく言われているのが、構成が決まったらもう出来たも同然。実際に書く作業自体を一とするなら、構成を考えるのに一〇費やせ、ということです。シナリオを書くのに技術力が必要だというのは、この構成力のことだといえるでしょう。セリフは作家の感性によるものが大きいのですが、構成を考える力は勉強と同じで学ぶことによって会得することができるものです。努力すればするほど、いい構成を組み立てることができる。そう信じて、悶絶の苦しみを味わいながら構成をひねり出すことが大切なのです。そうして構成が出来上がってはじめて、シナリオを書く作業を始めることができるのでした。

シナリオと戯曲の違い

舞台化のお話をいただいて、映画用のシナリオを舞台用の台本に書き変えることになりましたが、いざ始めてみると一筋縄にはいかず、想像以上に四苦八苦してしまいました。

まず最大の問題は、一七二シーンもあるシナリオをどうやって一つの空間で表現できる構成に変えるか、でした。一七二シーンというのは映画用のシナリオとしても多すぎるシーン数であり、三笑亭可楽の家、夢羅久の家、煎餅屋、寄席などの主要な場所の他にも矢場、岡場所、土手と設定シーンは多岐に渡っています。

また、シナリオのプロローグでは、おみねが落語家になることを夢見て田舎から江戸に向かう山中で、籠屋の男に襲われそうになるところを、持ち前の明るさとバカ力でのし倒して逃げ出すというシーンになっていました。ファーストシーンでまずおみねの明るさ、パワフルさを印象づけるために、このシーンは変えられないと思っていましたが、せまい舞台の空間で、しかも素舞台とはいえ中央に畳の高座が設置されている中、強引に山中に見立てて役者に演じさせることにどうしても違和感を感じずにはいられませんでした。

そんな矢先、劇場「ザムザ阿佐ヶ谷」の下見に伺って、私の中の迷いが吹っ飛びました。ザムザ阿佐ヶ谷は古木を使った木造の内装になっており、そのままでも江戸時代の寄席を彷彿させる造りになっています。この空間を活用しない手はない。観客がこの劇場に入った途端、江戸時代の寄席にタイムスリップしたかのような錯覚を起こさせる導入方法にしよう。そう思い立って、急きょファーストシーンを大幅に変える決心がついたのでした。

舞台の魅力

シナリオの構成をただ台本に書き換えるだけでは、舞台化の意味はありません。映像に映像ならではの魅力があるように、舞台だからこそ発揮できる魅力を台本に吹き込んであげなければいけません。

舞台の魅力は、なんと言っても目の前に広がる異空間との共有だと思います。

私がはじめて小劇団を観たのは高校二年生の時でしたが、あの時の驚きと感動は今でも忘れられません。それまで日生劇場や帝国劇場などの商業演劇しか観たことがなかったので、初めて小劇団の狭くて何の舞台美術もない素舞台の小屋に入った時には、「こんなところで本当に芝居なんてできるの?」と思わず引き返そうかと思ったほどでした。しかし、芝居が始まり時間が経つにつれ、ほんの鼻の先で繰り広げられている同じ空間が、時を越えて場所を越えて、自分が座っている席とはまったく違う空間に感じられていったのでした。役者の飛び散る汗がかかってくるほどの距離なのに、インドを舞台に話がすすめばそこはもう日本の暗くて狭い劇場の中ではなく、インドになっており、砂漠地帯の話になったら、本当に砂漠が広がってみえるのです。そんな感覚は初めてのことで、背中がぞくぞくして涙がとめどなく流れてゆきました。感動に震えて涙が出るという体験をこの時初めて味わったように思います。

映画はスクリーンによって始めから観客のいる劇場と芝居の空間が遮断されていますが、舞台は観客と同じ空間に立ちながら異空間を作り上げつつ、観客と共に呼吸し合える、なんとも贅沢な娯楽だといえるでしょう。

今回の芝居は特に時代劇ですので、異空間を無理なく作り上げ、その異空間に観客が自然と引き込まれるような創りにすることが非常に重要なポイントだと思われました。

そのため、舞台だけでなく客席も含めた劇場全体を、芝居の中の「噺の会」を催す料亭の一室に見立て、観客自身をその「噺の会」を聞きに来た「お客様」として扱って客入りをすることにしました。冒頭は烏亭焉馬や三笑亭夢楽に落語を実際にやってもらい、落語をきっかけにして観客を江戸時代に引き込ませることができれば、そのまま自然に『夢も噺も』の世界に引き込ませることができると睨んだのです。焉馬や夢楽が劇中落語をした際に、まるで本物の寄席のように観客から拍手が湧き起こった時、私の狙いが見事観客に伝わったことを実感することができました。映像の作りに囚われていたら、このファーストシーンは生まれなかったでしょう。一度シナリオを脳裏から捨てて、新しい気持ちで台本を書いたことがよかったのだと思います。

一方で、素舞台という特徴を最大限生かして、設定シーンを無理にまとめようとはせず、自由に場所や時間を移動させる創りにすることにしました。役者がふっと顔を横に向けた瞬間にすっと場所が切り変わる。照明・音響が切り変わった瞬間にぱっと時間が流れる。空間を固定させないで、時空を自由に動かすことができるのも舞台の魅力です。そもそも私はその種の魅力に取りつかれて舞台の世界にはまっていったということもあり、演出や照明・音響によって異空間が形作られることを楽しみに台本をまとめることにしました。ワンセットものの台本と比べると場数が多く、演出家や照明・音響の方々はさぞ苦労しただろうと思いますが、私の意図を見事くみとって、舞台ならではの魅力が十二分に発揮された仕上がりにして下さいました。

おみねの独白

また、シナリオでは決して安易に多用してはならないナレーションですが、舞台にするからには必ずおみねの独白シーンを創ろうと決めていました。

映像は説明セリフを排除し、いかに「絵」で見せることができるかが大切なのですが、舞台はいかに魅力的な独白セリフを観客に投げかけることができるか、という楽しみがあるといえるでしょう。

おみねははじめ、東北から江戸に上京してきたばかりのまだ恋も知らない無邪気でやぼったい女の子でした。そんなおみねが夢楽と出会ったことで恋を知り、愛を貫く成熟した女性へと成長していきます。上京してきたばかりの頃は方言だった言葉づかいも次第に江戸言葉になってゆきます。でも、人間の本質は変わらないものです。岡場所に身を沈めたとしても、心身ともにボロボロになっても、おみねの純粋無垢な精神、ひたむきな強さは変わることはない。そのことを表現するために、おみねの独白セリフはファーストシーンからラストまですべて方言にすることにしました。

ラストシーンでおみねが死んでいく時には、ファーストシーンで見せた弾けるようなおみねの明るさ、元気さはまったくありません。しかし独白セリフをファーストシーンと同じ方言にすることで、ここまで変わり果ててしまったおみねの歴史（人生）を想起させ、よりおみねの悲しさを深く観客に伝えようと意図したのです。映像のように、おみねの死に顔にフラッシュバックでおみねの笑顔を重ね合わせることはできませんが、ラストシーンでおみねのはちきれんばかりの笑顔が、観客のそれぞれの脳裏に思い浮かんだら、私が独白セリフを創った甲斐があったといえるでしょう。

役者が呼吸できる舞台を

今回最後まで私を苦しませたのは、上演時間という制限でした。台本の第一稿の長さは約三時間。「どんなに面白い芝居でも、二時間以上座っているとお尻は痛くなるもの。だから二時間以内の台本にしてほしい」という演出家の要望により、一時間相当分の六〇枚をカットしなければならなくなりました。

しかし、これがなかなかしんどいのです。自分自身では無駄なシーンは既にカットしているつもりなのに、どうやってこれ以上縮めることができるのだろうかと試行錯誤の日々となりました。

小説のように二次元の世界が完成品なら、枚数制限はありません。長くなったら二段組にすればいいし、上下本にしてもいい。その本を何日かけて読もうとも読者の自由です。しかし、台本はあくまでも舞台という三次元の世界を創り上げるために書く設計図のようなもの。劇場の空間と時間で処理できないものをいくら書いても、しかたがないのだということを噛みしめて取り組むしかありません。もちろん休憩を入れて、二幕物にすることもできるのですが、平日会社員の方が来やすいスタート時間を考え、帰りの電車の時刻など現実的な状況を考えると、やはり二時間という線は守るべきだとも思えました。

しかし、二時間ジャストにまとめた決定稿は、さながら第一稿のダイジェスト版のようになってしまい、納得できない点が多く出てきてしまいました。そして、役者がセリフを声に出し、動きをつけ始めると、さらに私の苦悶は深まっていきました。ドラマが崩れてしまうような本筋のライン、おみねと夢羅久のシーンを大幅にカットすることはできないので、結局焉馬や可楽、花魁の更絹や居酒屋のおやじなど脇役のシーンを短縮したりカットせざるをえなかったのですが、私が二次元という紙面上で描いていた人物たちを役者の方々が演じ、息を吹き込んでいく様を目の当たりにすると、脇役ももっと膨らませたいという欲望が出てきたのです。

枚数（時間）制限と作品全体のバランスと私の欲望をいかに成立させるか。どれだけのたうちまわったかしれませんが、この葛藤こそ小説にはない台本書きの面白さ、醍醐味だともいえるでしょう。

小説は読者がそれぞれのイメージを自分の中で膨らませて楽しむものですので、十人読めば十通りの解釈、十通りの人物像が生まれるはずです。一方、台本は役者が役者の解釈で役柄に息を吹き込み、この三次元の世界に一つの「生」を与えてくれます。それまで私のイメージの中で揺らめいていたにすぎない人物たちが、この現実の世界で生身の人間として呼吸しはじめ、舞台の上で「生きる」ことになるのです。

台本書きというものが、羊水の中で自分の子供を大切に育んでいくような作業だとすると、役者が私の書いたセリフを声に出してくれる時、我が子が「オギャー」と大声をあげてこの世に生まれ出る瞬間と等しい感動があるといえます。トンビが鷹を生むように、私のイメージを超えてその作品がりっぱな子供に育ってくれたら、それ以上にうれしいことはありません。

その一方で、脚本家にとって何より恐ろしいのは、この世に生まれ出た子供が産声を上げることもできず、息絶えてしまうことです。私も役者をしていた頃「なんでこの人（役）がこんなセリフを言うか理解できない。この人だったらこんなこと言うはずがないのに」と与えられた台本で悩んだことがありますが、キャラクターを破壊するようなセリフや矛盾した心情の流れ、奥行きのないキャラクターは、どんなに役者が努力しても息を吹き込んで生かすことができにくくなります。

子供を生かすも殺すも、母親である脚本家の責任なのです。私が創り上げた登場人物たちは、舞台の上で立派に生きてくれるかどうか……。私はシーンをカットしていったことが気にかかり、稽古が始まっても台本の推敲をやめることができませんでした。幕が上がるまでは諦めたくない。そんな未熟な私と演出家との間では何度も口論になりましたが、お互いに妥協せずに最後までぶつかり合いながら舞台を創り上げることができて、結果的にはよかったのではないかと思っています。

小劇団では座長が作・演出を両方手掛けることが多いのですが、演出と脚本を二人で行う場合、お互いに分業だと割り切って互いの分野には一切口や手を出さないようにするか、お互いに納得できるまで喧嘩してでも口を出し、二人でいいものを創ろうとするか、あらかじめ決めておくべきでしょう。

そして、後者を選んだ場合には、喧嘩しても仲たがいしない相手かどうか、見極めておくことも大切です。せっかく同じ志を持って劇団を立ち上げても仲たがいして解散してしまった人たちのことをよく見聞きしますが、この世界は私も含め、大抵我の強い人間が多いですし、解釈などの問題は正解が一つというわけではないので、必ずと言っていいほど平行線の口論が巻きおこるものです。しかし、そのたびに相手を嫌っていたのでは、舞台を創ることはできません。私が以前所属していた劇団の稽古場では、演出家が役者に凄まじい罵倒を浴びせかけるのですが、そんな二人が稽古後の飲み屋では大笑いしながら明け方まで飲みあかしたりしていました。お互いに信頼し合っているからこそ、怒鳴ったり喧嘩したりできるのです。

演出家と役者の関係、演出家と脚本家の関係、そして音響、照明、舞台監督、衣装など、大勢の人間たちと関わり合うことで、やっと一つの舞台が出来上がります。いかに彼らと強い信頼関係を結び、深い絆を作り上げられるかどうかが、成功の秘訣だともいえるでしょう。

そう考えると、舞台は役者の呼吸だけでなく、その舞台に関わったすべての人々の息遣いが波打っている大きな生き物だといえます。我が子がどんどん大きくりっぱになっていく姿を見ることができる喜び、感動を一度味わってしまったら、もう脚本家という仕事をやめることはできません。これからも魅力的な舞台に育ってくれる台本を生み続けたいと思わずにはいられません。

《参考文献》

関山和夫著『落語名人伝』白水Uブックス
山本進編『落語ハンドブック』三省堂
生田誠著『落語家になるには』ぺりかん社
柳亭燕路著『落語家の生活』雄山閣
『古今東西落語家事典』平凡社

【上演記録】

◎『ノスタルジック・カフェ――1971・あの時君は』

〈初演〉

［スタッフ］

○作・演出／青田ひでき○照明／伊藤一巳○音響／石神保○舞台監督／菊花華究○製作／劇団BLUE TAXI

［キャスト］

○高野しずく／御館田朋佳○目黒悦子／甘城美典○渋谷初男／海野正士○五反田清／青田ひでき○高円寺薫／佐古井隆之○大久保さゆり・大学生（女）／林智子○幸子・ナオミ・ゆうこ／白石更○落合三知夫／伊藤浩樹○神田雄太郎／入江謙舟○牛込紀代彦A・大学生（男）B／木村篤AB・枌谷亮介BA○大森正次／倉田大樹○立川くるみ・女／永田佳代

■日時／二〇〇一年一〇月二五日～二八日　場所／大塚萬スタジオ

〈再演〉

［スタッフ］

○作・演出／青田ひでき○照明／伊藤一巳○音響／石神保○舞台監督／宮脇良太○製作／劇団BLUE TAXI

［キャスト］

○高野しずく／御館田朋佳○目黒悦子／甘城美典○渋谷初男／海野正士○五反田清／青田ひでき○高円寺薫／佐古井隆之○大久保さゆり・大学生（女）／林智子○幸子・ナオミ・ゆうこ／中川恵美○落合三知夫／伊藤浩樹○神田雄太郎／足達洋介○牛込紀代彦／風民○大森正次／山崎真宏○立川くるみ・女／栗山紗耶香○大学生（男）／木村真之助

■日時／二〇〇四年六月二五日〜二九日　場所／中野ザ・ポケット

◎『夢も噺も――落語家　三笑亭夢楽の道』

［スタッフ］

○作／白石佐代子○演出・企画／入江謙舟○照明／伊藤一巳○音響／上妻圭志○舞台監督／菊花華究○方言指導／会田清子○劇中歌「曼珠沙華」作詞／渡辺真遊○めくり／坂井野々（早稲田大学落語研究会）○弦音楽／宮木志保子○演奏／安彦真希・倉橋みづえ・川崎智穂・清木場直子・島崎舞・清水京・土谷友恵・宮木志磨○制作／吉村賢太郎（劇団娯楽天国）○後援／㈳落語芸術協会○制作協力／劇団BLUSE TAXI

［キャスト］

○おみね／わかばやしめぐみ○三笑亭夢楽（夢羅久）／足達洋介○三笑亭可志久／壱森マサヒロ○三笑亭可楽／木村篤○烏亭焉馬／川田栄○三笑亭可丸／入江謙舟○更絹・おたま／甘城美典○柳橋料亭のおかみ・岡場所のおかみ／御館田朋佳○居酒屋のおやじ／佐古井隆之○寄席の客1・岡場所の男1／木村真之助○寄席の客2・岡場所の男2／山中馨

■日時／二〇〇三年七月三〇日～八月三日　場所／ザムザ阿佐ヶ谷

青田ひでき（あおた・ひでき）
1968年、香川県生まれ。1997年、劇団BLUES TAXI結成。以降、劇団の主宰として、脚本・演出を担当。

白石佐代子（しらいし・さよこ）
1973年、神奈川県生まれ。
出版社勤務を経てフリーライターに。本作が舞台初上演。

上演に関するお問い合わせ：
〒194-0041　東京都町田市玉川学園1-25-21 A410
劇団BLUES TAXI
Tel.&Fax. 042-720-5742
HP. http://members. aol. com /Bluestaxi2000/

新進作家戯曲集
ノスタルジック・カフェ
――1971・あの時君は
夢も噺も――落語家　三笑亭夢楽の道

二〇〇四年六月一八日　初版第一刷印刷
二〇〇四年六月二五日　初版第一刷発行

著　者　青田ひでき・白石佐代子
発行者　森下紀夫
発行所　論創社
東京都千代田区神田神保町二―二三　北井ビル
電　話　〇三（三二六四）五二五四
ＦＡＸ　〇三（三二六四）五二三二
振替口座　〇〇一六〇―一―一五五二六六

装幀　奥定泰之
印刷・製本　中央精版印刷

ISBN4-8460-0488-0